人间
不责备

ALL WILL BE WELL

王晴 著

中信出版集团 | 北京

图书在版编目（CIP）数据

人间不责备 / 王晴著. -- 北京：中信出版社，
2019.9
ISBN 978-7-5217-0887-5

Ⅰ. ①人… Ⅱ. ①王… Ⅲ. ①散文集－中国－当代
Ⅳ. ①I267

中国版本图书馆CIP数据核字(2019)第168434号

人间不责备

著　者：王　晴
出版发行：中信出版集团股份有限公司
　　　　　（北京市朝阳区惠新东街甲4号富盛大厦2座　邮编　100029）
承 印 者：北京通州皇家印刷厂

开　　本：880mm×1230mm　1/32　　印　张：9.25　　字　数：180千字
版　　次：2019年9月第1版　　　　印　次：2019年9月第1次印刷
广告经营许可证：京朝工商广字第8087号
书　　号：ISBN 978-7-5217-0887-5
定　　价：48.00元

给那些还在寻找自己的人

目　录

辑　一

人 是 神 秘 的 一 切

I

辑 二

多 情 之 用

辑 三

我 们 都 是 迷 途 的 星 星

辑 四

孤 独 这 头 小 兽

辑 五

有 能 力 爱 ， 才 有 能 力 别 离

辑　一
———

人是神秘的一切

人类是唯一一种会给自己制造矛盾和冲突的生物，
并且仰仗这一点活着。
我们作为时间的跟屁虫，
一路跟跟跄跄，走得上气不接下气，
变得不耐烦，不再轻易高兴。

那些不曾被表达的情绪并没有消失，
它们被活着埋起来，分解掉。

你对它们盛怒过，失望过，
它们并没有因此而收敛太多。

你知道有一天，
它们早晚会以一种什么面目爬出来。
因为它们只负责流动，不负责与你一起成长。

一切过往，
皆为序章

油腻的现实，把你从单纯的快乐中分离了出来。

像是和生命走完了热恋，你和它更熟悉了，发现它并没有给你更多惊喜，反而麻烦似乎更多一些。

终于，自伤过后，你学会了哄自己。

过往不过是个开场的引子，那些丧透了的一切不过是个序。

人在年轻时，会有个伟大的错觉，感觉世界永远都在等待自己出场，他人的目光也永远会注目在自己身上。

不会变老，无所不能。永远有人爱，永远神采飞扬闪闪发光。

那时候，你总觉得明天会很美。理想世界，英雄梦想，像是一道道洁白光芒，在你心里闪耀着。

你把自己打扮漂亮，把手插进裤兜，走在夕阳金黄的街上，去赴一个又一个的约会。约会的形式也许简单又潦草，一片草地几瓶啤酒，轻易就让你感到了快乐。

未知的幻想，支撑着你度过了丰盈又晃眼的青春。

人事更迭的记忆中，总有一些画面在晃动。

大概在二〇〇〇年左右，有好几年的时间，我和一群怀揣文艺理想的姑娘小伙子们，游荡在北京的一些标志性地带。工体，后海，三里屯。

因为能量过剩，在体内一刻也不愿安稳，它们被释放在每个夜晚与清晨。我们听最躁的音乐，喝最凉的啤酒，纵情，用力，享用着以为不会凋零的青春。

后来我们开始变老，更年轻的人占据了那些地方。

我已经没有多余的精力去探究年轻人的世界，我只愿意腾挪出一些储存空间，留出来盛放那个时代的自己。

我记得有个冬天，一个男孩约我去后海，特别大的雪，但是我去了。

穿着厚厚的马丁靴，绕着后海漫无目的地走，把雪踩得咯吱咯吱响。

　　　　　　　　　　　　　　人间不责备

很冷，但是很高兴。

途经一个有壁炉的酒吧，我们进去取暖。俩人靠在火炉边喝酒，幻想着自己是电影中的一部分。那时候心里没什么事装着，睡眠也好得很，喝着喝着，我就靠着火炉睡着了。

现在想来那男孩真好。我睡了一觉醒来的时候，发现他其实也已经困了，坐在旁边打盹，没有不耐烦，也没有叫醒我，就像只温厚纯良的忠犬那样，守在旁边，还给我披上了他的外套。

后来我们投身现实，有了更多浪漫的经验，只是那种纯洁，再也不复存在了。

因为他的那个举动，我心里有了小感动。我说走，接下来你想做什么，我陪你。

确实也没有什么可做的，我们就又去雪地里走。

我团起雪球砸他一身，他也不还手，就傻笑。手脚都冻僵了，也没有回家的意思。我们就那样心无杂念地走在凌晨的大雪中，不觉得无聊，十足地浪漫。

月光在雪地上映出我们的影子，有种逃课坏学生的傻高兴。

时间慢慢滑行。

在后来的某一个时刻，你以为你终于找到了准确的自己，生命的中心以此为中轴，如果不出意外，至少会稳妥地画完这个圆。

那一刻你故作老成地以为，生活嘛，这样就好。

于是这么多年你不停奔跑。跑过一个个山水相连的清晨，跑过一个个爱恨丛生的夜晚。欢笑和泪水都藏在里面了。

你开始慢下来。

好像是有点累了。

后来，你遭遇了一些事情。

可能是事业的瓶颈，也可能是恋人的分离。或者父母的故去，也许是一场疾病的侵袭。之前的生命中轴偏离了轨道。慢慢地，因为那个瞬间的变故，你像是变了一个人。

油腻的现实，把你从单纯的快乐中分离了出来。

任何关系都有新鲜感，生命也有瓶颈期。

活着活着，你突然觉得不过如此。像是和生命走完了热恋，你和它更熟悉了，发现它并没有给你更多惊喜，反而麻烦似乎更多一些。

你甚至有点讨厌它了。

你在荒芜的冬天裹紧了大衣，说服自己去见一些朋友。你放声大笑，融入局面，假装快乐。

那些不曾被表达的情绪并没有消失，它们被活着埋起来，分解掉。

其实你知道，有一天，它们早晚会以一种什么面目爬出来。

丧透了。

任何与时间并行的东西，都会在其中被风化，沉潜或者上浮。

我们作为时间的跟屁虫，一路踉踉跄跄，走得上气不接下气，变得不耐烦，并且不再轻易高兴。

　　　　　　　　　　　　　　　　　人间不责备

不容易高兴，是对高兴的需求变高了。

你看小孩子，他们对超市里的零食永远充满欲望，再坏的天气也想到院子里跑一跑。他们对生命还远远不了解。

凌晨，收到一个朋友的微信，说，读你的文章，扎心了。

她说，你把本质看得太透，太痛苦，不容易快乐。

我不置可否。

我给自己倒了杯烈酒，站在阳台上向外望。城市里的光亮大部分都熄了，只有个别的灯盏还亮着，像是深夜醒着的什么人。

哪里是看得透，我不过是对生命充满了好奇，还远远看不透，才想要探索而已。

不得不承认的是，因为天生易感伤的体质，我从十几岁就开始抱着尼采和卡夫卡啃读。假模假式，秉烛夜读，对月叹息。

当然那时候不大可能读得懂，但认知就这样早早被奠定了。所以我最早接收到的来自文学的观念，就是"世界是荒谬的，人生是痛苦的"。

从那以后，我感觉到了自我的别扭，也显然不如其他小伙伴那么高兴了。

后来的我，在理想与现实的杠杆上拉锯，忽上忽下。

现实是个爱开玩笑的坏家伙，它给你惊喜，也常常捉弄你。

你对它盛怒过，失望过，它并没有因此而收敛太多。

你瞧不起有的人沉醉于不完美地活着，然而这种瞧不起解决不了任何问题，除了加快你皱纹的生长，以及死亡的速度。

直到有一天，我读到了莎士比亚的一段话，让我精神振奋，未来的迷宫似乎都被破解了。

这段话出自莎士比亚的戏剧《暴风雨》的开头，是这样说的——

> 凡是过去，皆为序章。
>
> 爱所有人，信任少数人，不负任何人。
>
> 我荒废了时间，时间便把我荒废了。
>
> 在灰暗的日子中，不要让冷酷的命运窃喜，命运既然来凌辱我们，就应该用处之泰然的态度予以报复。明智的人绝不坐下来为失败而哀号，他们一定乐观地寻找办法来加以挽救。

一切过往，皆为序章。

这不是一个潦草的安慰，这样的智慧像是一剂神药，让你的所有过往都得到了释怀。

曾经建造的迷宫，爱的粗粝与细腻，都过去了。

过往不过是个开场的引子，那些丧透了的一切不过是个序。

人生戏剧的大幕正在为你拉开，你即将书写的正文随时可以换行，摆正。你可以随心所欲地、直情径行地去谱写那些你正在心中祈愿的故事。

这真让人安慰。

从定律上来说，一切都是短暂的，变化的，虚无的。

可在我心里，又深深觉得，一切都是永恒的，不息的，再生的。

这种潜藏在心中的巨大美好与善意，让我迫不及待地想要知道，那些翻

人间不责备

来覆去的梦，究竟有多少可以实现。

但也只能慢慢来。

慢慢走一走，看一看。序章书写得有点糟糕也没关系，只要还有时间，就还可以修改，纠偏。生命的内容不是别的，是那股有一天打动了我们的内心和灵魂，之后永远保持热爱的激情。

身边有好东西，固然最好，就好好享受。身边没有好东西，就睡觉，呼吸，看风景。

反正一刻就只是一刻，都是平等的。

现在终于有着本质的不同了。

现在的我，似乎学会了一点点聪明，学会了一点点自我取悦。我知道的是，时间它只负责流动，不负责与你一起成长。

世界依然是荒谬的，但人生不仅仅只有痛苦。美好在它的另一面闪着光，足够支撑你走完不长不短的过去和未来。

人会伤自己，也得会哄自己。

对我来说，我尊重过往，但是我更信任未来的时间。

只要还有时间，还有机会去创造更多的可能性，继续体验人间，继续爱，就是一件足够令人安慰的事了。

但 求 活 在 路 上 ，
拒 绝 死 于 途 中

对于必将要走的道路，高兴得去，不高兴也得去。

即便是冒险，即便他人投来反对的目光，也要像子弹那样把它们一一

击退。

人间不责备

小说《在路上》的作者杰克·凯鲁亚克，这样描述着他们在路上的生活——

> 我们破破烂烂的手提箱又一次堆放在人行道上，我们还有更长的路要走。不过没关系，道路就是生活。我自己就像一只永不停息的箭。在你面前，黄金般的土地和各种未曾预料的趣事都在那里等待着你，令你大吃一惊，使你因为活着看到这一切而感到快乐。

这些被称为美国垮掉的一代的人，早就开始了这样不顾一切的生活。

并且就是这样的疯疯癫癫，成为一种精神，被无数人传承了下来。每每提及，热泪盈眶。

[1]

走在人生这条路上，无论你拥有什么，看上去如何圆满，内心必然的孤独，现实必然的残酷，都会使你的圆满布满残缺的口子。

然而还有一些有趣的、有问题的、有感觉的人，环绕在我们的周围，敏感滚烫，疯疯癫癫，从不墨守成规，热衷讲些不平凡的东西。因为有了他们的存在，残缺似乎也变得不再那么恼人了。

于是大家相互交好，加入彼此的队伍，做彼此间世间荒原的花火，虚弱暗夜的光亮。

一同经过人间，对抗人生的荒谬。

穿行过黑暗，守望到黎明。

可惜的是，总有一些人，怎么看，都带着一股子悲哀色彩。

他们天生平庸无奇，后天的见识也没能弥补他们的警觉。丧失本心，曲意逢迎。最终因为缺乏独立思考，被迫卷入颠簸的人潮。

与他们谈论任何关于道德的问题都是吃力的。

他们只肯对一件事情做保证，就是让自我的欲望得到满足。

还有一类，尽管谈不上多精彩，但起码也不给人带来伤害。

只是他们的思想欠缺一种弹力，喜欢随波逐流，无法自己丰富起来。

这些人守着毕生一成不变的见解，也不去追求太大的进步，赖在舒适区，安于现状，苟且偷安。因为缺乏创造，他们热衷与人交往，喜欢成群结队地活动。

他们单调的个性，使得他们无法拥有更高的角度去理解他人。他们享受其中，安全地活着，直到安全地死去。

我完全接受异己的存在，并对每个人的活法保持尊重。却有一点十分反感，总有一部分热心人，在没有处在且并不理解他人处境的情况下，按照自我的狭隘认知，对他人的生活指手画脚，并且丝毫没有停下来的意识。

这让我觉得非常愚蠢。

一旦发现，我是从不跟这类人做朋友的。

从头到尾，我喜欢的，都是不大正常的人。

朴树曾经说他也是。他说挺奇怪的，我怎么喜欢的都是一群有问题的人。

人间不责备

这不奇怪。在这个充满问题的世界，没有问题的人才奇怪。

只是问题不能太大，也不能完全没有。问题太大是无序，全然没有，就是无趣了。

我喜欢的，是这样一类人。

有着鲜明的审美与认知，有着有趣的主张和生命形式。

反对愚昧和无聊，讨厌陈词滥调，不对别人的人生指手画脚，也不喜欢别人对自己随便指挥。

与世界之间保持张力。即便被现实折损，依然痴心不改。

有灵魂，并且干净。有自己的坚持与热爱，愿意为自己的热爱燃烧整个人生。

敢于与不喜欢的保持距离，即便这样可能会带来孤独。

真实，有爱，尊重创造力。智慧，自尊，又宽广。

比自由还自在，比无邪还无害。

所以相对于躲藏，我宁愿寻找。

一生都走在寻找的路上。

找到属于自己的字词和秘密，属于自己的河流和内心地址。

找到既有滚烫血液又有沉静思想的朋友，找到既能仰望星空又能脚踏实地的爱人。

路途中有疲惫、绝望、怀疑，有自我背叛与对抗，即便如此，我也只能诚实地跟随着内心，屁颠儿屁颠儿地一路小跑着。为真，为美，为理想，或者内心那些永远无法被描述的搅动与翻腾。

在人群中显得不同的人，在人前闪着光，但背后，注定了要比别人多吃一些苦头。

当自我的扩张与智慧的追求强烈并存，就会形成冲突。

因为拥有着全然的敏感之心，能够看见一棵树的美丽，一个孩子的微笑，一个流浪者的痛苦。于是爱这种东西，与一些不赞同它的人们交织在一起，形成生命中危险和不确定的因素。

一个没有爱的人活着反而是容易的，对待一切，只需要保持麻木，不需要痛苦。

可是生活积累的悲伤呀，像是湿岩上的苔藓，厚重又悲怆。

擅长思考的人，轻而易举地就发现了导致生活焦虑和乏味的原因，于是一边穿行一路发问，但问的也许根本是一个愚蠢至极的问题。

理想生活到底在哪里？

有时也厌倦了思考，觉得愚蠢，就倒上一大杯威士忌昏然睡去，试图把它们分解成更加具象的动作。

可是一觉醒来，那些对于美与真的向往再一次地如潮水涌来，我就知道，这件事是早就确立了的。索性，也就不想着逃了。

在所有上蹿下跳的光阴里，试图逃开某种意义是不大可能的，如同你逃得开一次旅行，但逃不开生命之旅一样。

一个灵魂丰盛的人，是无处可逃的。

有天读到侯孝贤的文章，解读电影和人生。

文中有句话说得特别好。他说，人一辈子面对的，就是你的DNA带给你的东西，然后还混杂了这个世界。

艺术是个好东西，也几乎是庸常人生的救赎。

它无法消除世间苦难，也根本不能填补现实的裂缝，但它是闪光的，就是能揭示一切世俗生活都难以抵达的隐秘。

要知道，所有对自我现状的不满，都来自追求某种东西而不得的敌意。

而闪光的DNA，恰恰让这种敌意充满了美感。

这个说法，实在让我为自己多年的孤注一掷，找到了最好的开脱。

并不是开脱什么别的，而是不去胡思乱想了。除非，你有本事，重置你的DNA。

思想者都幻想过要杀死某些自己不喜欢的部分。

凯鲁亚克也说过："真正不羁的灵魂不会去计较什么，因为他们的内心深处有国王般的骄傲。他们有骄傲的资本，或许他们有时候也想杀死这种骄傲，变得平凡，这样就不会受苦。"

可是这根本行不通。

这是你DNA里面的东西，杀死了它，就等于杀死了自己。

从根源上想通了这件事，就释放了许多不必要的自我冲突。

每一个人来到世间，都有自己的使命。有些人之所以伟大，是因为他需要消耗最精华的能量来完成一些事情。即便自我折损，也但求活在路上，拒绝死于途中。

但求活在路上，拒绝死于途中。

这种悲壮精神，大概只有少数人才能听得懂。

那些已经找到了生命方向的人，就着大风与烈酒，孤独与自由，把生活酿成一杯独属于自己的酒，尽情品尝。可能独自一人，也可能成群结队，就那样孤注一掷地，走在必将去往的路上。

对于必将前往的路，高兴得去，不高兴也得去。

不因为苦难就逃避一座囚牢，也不回避从痛苦中受益的权利。

[4]

写作是一道窄门，是一条必须耐得住孤独的道路。

我一直在这条路上走。寒冬走，酷暑也走，鲜花走，荆棘也走。

我从未想过放弃它而去动别的心思，因为我知道，一旦走向那些别人认为好的道路，我的心就会生病。

也只有在写作时，心灵沉浸，力量自心而出，这些时刻，世界上的其他一切，都变得没那么重要了。

至今我还想不出有什么会在这条路上阻挡我，就算贫穷和疾病也不能。

所以我要说的是，选定自己的路，再顺便召集几个有趣的同路人，不用多，三五个就够了。

忍生活之苦，保天真之性，一同穿行在人间，把生而为人的权利用尽。

即便是冒险，也不要轻易改变。

即便他人投来反对的目光，也要像子弹那样把它们一一击退。

哀 恸 有 时，
跳 舞 有 时

哭有时，笑有时；哀恸有时，跳舞有时。

神造万物，各按其时成为美好。只是从始至终的作为，人的愚钝不能参透。

如同人一旦知道自己是什么样子，就会变得越来越像自己，反倒变得愈

发狭窄了。

人间不责备

依然是，晨起，喝一杯咖啡，吃一个橙子，在橙子里吃出清晨的味道。

依然是，深夜，喝一些酒，听一些音乐。歌者唱得血泪混交，听的人从中快意。

习惯之强大，比改变习惯强大多了。

人们总习惯按照习惯活着。

习惯在特定的日子祝福他人，习惯在特殊的情境制造浪漫。什么时候该哭，什么时刻该笑，似乎都成了程式。

我想说，不必仪式性地把什么日子当作分水岭，美好的不会变糟，恶劣的，也不会因为什么仪式的分界就会更好。

自由应当是流淌的。

被动的改变，顶多出于胁迫。

[1]

一个哈欠的工夫，一个意外，我的膝盖错位，韧带断裂。

于是将近三个月的日子里，左腿疼痛肿胀，夜不能寐。我坐在轮椅上，看着一波又一波前来探视的朋友，心生羡慕，原来自由行走的感觉这么好。

人一旦乱了心神，就开始想要折腾。

善良些的折腾自己，恶劣些的折腾别人。其实无非是焦虑，想用折腾释放掉身体里多余的能量。

我倔强，嘴上一言不发，心里兵荒马乱。

与自我缠斗好似旋涡。由于心焦，也忘记了祈祷。

伤病之中，人比平日更加敏感脆弱。

外界的一切，甚至日常的生活，都在你面前立起一堵墙。我有时望着窗外，竟然想到孤寡老人，未免一阵感伤。精神茁壮，抵不过现实苍凉。

就像在岁月面前，没有人真正胜利。

一个正午，阳光灼人。

我坐在已经被坐得塌陷了一个坑的沙发里，冬日暖阳通过南向的落地窗户，照在我知觉迟钝的左腿上，同时也把我的心照得沮丧。

人在拥有自由时，常常不以为然，然而一旦丧失，那些即便拥有自由时也根本不会被完成的行为，都会放大成你的沮丧。

比如那一刻，令我沮丧的是，阳光如此好，我却不能上街看一看。

而事实上，在我可以活蹦乱跳时，也是极少去街上走走的。

[2]

万事始终关乎念。

花一开，叶一落，情一起，缘一灭，都是念。

任何一种，难管难收。在它面前，只能安静。

安静下来，才能观自我，观世相。

人间不责备

那天，我忍着伤痛，把自己搬到阳光下晒了又晒，跟自己谈话说：嘿，你福气大啦，上帝偏爱，给了你深度体验的时刻，要心静，要珍惜，要把灾难当宝贝啊。

感谢每次的不幸，总能带来转弯的警醒。

就是那个阶段，出门不便，免掉了琐事与应酬，我才开始写公号。而在此之前，我总以各种理由拖延，不当回事。

在任何流行性事物的范畴里，我基本都是落尾的那个。排斥跟风，也不愿意对某些事物快速地反应。

在我的认知里，无论做一件事还是爱一个人，首先都要确定有对其负责的能力。不确定，就沉一沉，先在酝酿中泡出感情来。

我大概是有些固执，但这不是逃避。我最不欣赏的，就是逃避型人格了。

任何一种逃避，都是太爱自己的表现。

与逃避相反，假如我没有及时地开始一件事，那一定是因为还没有准备好。

匆促地开始，草率地结束，是我不喜欢的事。

[3]

《圣经》上说，凡事都有定期，天下万务都有定时。

生有时，死有时；哭有时，笑有时；哀恸有时，跳舞有时。

若是时机已成，去为崭新的人事挖掘一些崭新的精力，其实并没有那么难。

难的是决定去做。

那些所谓的没有时间，其实也被其他无谓的时间消耗掉了。而改变一旦开始，再回头反观，就会感谢自己。

但它是必要的过程，这是一种过去和未来之间的关系。

未来隐在未来之中，未来也隐在过去之中。至于现在，不过是过去与未来之间的一种呈现形式，经过时的显形，时间的一个切面。

常人所说的活在当下，与让你的过去投射到现在，现在投射到未来，是一个意思。

这三者始终是一体的。这一点丝毫不用怀疑。

只有受困其中任何一个时间点的人，才会把这三者加以强化。

在过去的经验中，各种各样的大灾小难，此起彼伏地交替在我们的生活中。你渡过来了，就是造化，就会明白那不是什么坏事。

灾难其实像个标尺，检验着自我与周遭，冷暖与人事。哪些是消耗你的人，哪些是滋养你的人，一旦落难，界限分明。

而成长这回事，往往也是灾难促成的。

一路坦途的人生，想来才是可怕。无芜无精，大惊小怪，只能顺水推舟地赶路。

如此看来，灾难的确是宝贝，成就着你的现在和未来。

哭时要记起笑时，哀恸时要记起跳舞时。

世间时有荒芜，学会整体地看待生命，方可强大度余生。

［4］

寒冬已经过去，如同春天会再次到来。

失去的都是必然，它的对面是获得。

就像起初我并不是个坚强的人，但是在历经了一次次的灾难后，早已与从前那个胆小怯懦的女孩挥手作别。

在这世间，只能勇敢。

对于意外的发生，尽量坦然，对于惊喜的到来，表示欢喜。

不去苦苦发问，也不耗在里面撕扯。

人生的意义，从头到尾都是你自己赋予的。

如果你想要标准答案，你永远无法生活。

哀恸有时，跳舞有时。

神造万物，各按其时成为美好，只是从始至终的作为，人因愚钝不能参透。

在这件事上，无论过去，现在，还是未来，都是深不可测的高等智慧。

只是人类的自以为是在于，一旦知道自己是什么样子，就会变得越来越像自己，反倒变得愈发狭窄了。

不让自己具有更广阔的可能性，这真是个天大的蒙昧。

人 是 神 秘 的 一 切

人坚强又脆弱，高兴了又沉默。

人聪明又愚蠢，热烈后又冷寂。

人是冰封的深海，是火烧的葵花。

孤独时沉入海底，盛放时粲然金黄。

人是神秘的一切，如若谁说能懂他，那一定是天下最大的胡话。

人类是唯一一种会给自己制造矛盾和冲突的生物，并且仰仗这一点
活着。

[高兴]

有人说，你以为这愚蠢的世上真有什么是让人高兴的事吗？世上所有欢
乐，都是苦中作乐而已。

我一度迷恋痛苦，认为人是不大需要高兴的，认为高兴是一件浅薄的
事，并不能给人带来真正的进步。

痛苦才是营养，痛苦才能令人刻骨受教，见识世间，改头换面，并且坚
不可摧。

可是如今，我要为鄙视高兴而致歉。

我曾经带着错误生活，那真是不可一世的自以为是。

高兴为人带来价值，产生效率。

高兴的时候，亲吻会甜，睡眠会香，看风景更美。连孤独都是享乐。

即便在深夜自我缠斗，也会莫名踌躇满志。

高兴是人生中最不可缺乏的事，除非你为一个死气沉沉的人生感到
着迷。

［沉默］

这么些年，我一直以为自己有懂人的能力。

然而，世事如深渊，我终究还是被一些人事颠覆了想象。

事实证明，我那么费心地去探究人，有时却是让我更加糊涂了呀。

后来的追求，只想简之又简。

天气阴一天晴一天，蹚过阴晴圆缺，对愿望的要求变得简单，成真一个落空一个就好。像一块平衡木那样。

还是会忍不住假设美好，只是学会了忍住悲伤。

任何事物都有心碎和心醉的双重命运。

最终，幻想大不了做一只体察世界的鸟，抖动羽毛，悲歌欢唱，独自飞过所有的事物。像风一样不可捉摸。对所有的坚硬和柔软保持沉默。

跋涉过万里的行程，难过了就哭，开心了就笑。

让命运的归命运，自己的归自己。

最终都是一样的孤独，一样的裸足起舞。

你我皆是尘土。

［时光之蜜］

我无法赞同无趣的人生。

既定的路线，庸常的活法。遵循范例，枯燥有序。不包含奇迹，也不超

　　　　　　　　　　　　人间不责备

越常规。

愚蠢之人，饱受其愚蠢所带来的疲惫之苦，大概就是这个意思吧。

一个事物的两面是，无趣的人不大能体验到痛苦。

只有看见本质的人，才能看见痛苦。

对于痛苦，我有时会做些具体的想象。

想象它是个干瘪的蜂巢，黑暗，丑陋。作为人生不可回避的内核，占据在花园的中心，无法拆除也不可掩盖。

于是，就习惯了捕捉那些不期而遇的小美好。

花草的盛放。窗前的鸟鸣。诗歌和一个吻，手拉手的爱情。是这些微小稠密的小美好，填充着我们拖沓又急速的人生。

捕捉到它们，就等于往蜂巢里填充了时光之蜜，干瘪的蜂巢，才又得以饱满起来。

［清空］

一个聪明人讲，你要清空，才能尝到味道。说这话的，是一个咖啡品牌的创始人。

他说的是，品尝咖啡，要有一条不被任何味道感染的舌头。

那么品尝人生的味道，也需要一种全然的解放。

抵达智慧的方法不止一种，把弯路走直的人是聪明的。一旦费心思考，就会变得复杂。

人的所谓思考，无非是对多余能量的安放。

我曾对思考充满迷恋，可是负累怎么行呢？清空才能宽广。

用全部的热情去专注一件事，心无旁骛地只爱一个人。癫狂一点都没关系。

当你忘记了自己，你就拥有了自己。

纯粹是对感受最好的保全，专注是尊重生命最好的体验。

[冒险]

我准备持续进行冒险的人生。

无论作为生活者，还是写作者，我都愿意去体验人生的可能性。

跨山越海，经过落日荒风。

千疮百孔，体验爱与伤害。

游吟者，体验者，观察者。燃烧其中，从不隔岸观火。

在这个如火的世间，注视流经的繁华，忘记自己，就像忘记那个枝繁叶茂的你。

轻盈行路，学习体面，学习和解。

即便是个异数，走在一条行人稀疏的荒径，我都愿意心怀赤诚，为追求一切的真善美，而变得热切，毫不犹豫。

［人是神秘的一切］

时光的打磨，并没能使所有人都向生活俯首称臣。
生命是一连串的战争，自我也一样。
我们要实现生命的革新，必须学会隐忍。

隐忍自我的矛盾、怯懦、恐惧。
谨守七情六欲。接受一切的不可思议。

人坚强又脆弱，高兴了又沉默。
人聪明又愚蠢，热烈后又冷寂。
人是冰封的深海，是火烧的葵花。
孤独时沉入海底，盛放时粲然金黄。

人是神秘的一切，如若谁说能懂，那一定是天下最大的胡话。

月 亮 下 的 美 梦

我想让你有梦可以做，有酒可以喝。

我想让夜晚孤独冷寂的人，都喜欢床的温柔与被子的暖。

我想让所有的绝望都能找到出路。

相爱的人永不分离。

所有美好的事物永恒不落，不随时间枯萎，也不被人类轻贱。

生而为人，忧愁不一。

无论受因于精神还是物质，忧愁都是人类的一道伤口。

我打小迷恋月亮，喜欢向着月亮诉说忧愁。

我觉得望着月亮就是望着一切。

月亮时满时缺，是爱的永恒镜像。

假如月亮可以解忧，而我可以向它许愿，我希望人间，可以分为三层。

最高一层，给精神之徒。

负责思想和思考，生产一切美好之物。把纯粹者净化得更纯粹，把人类进化到接近神。有良善与慈悲，生活共产，思想共产，然后分享精华，传递给下一层。

中间一层，是庸常之辈。

那些不愿费心动脑，只求安稳度日的人。有起码的道德与良心，有田可耕，有布可织，生儿育女，插科打诨。从生到死，无大欲求。

最底一层，就留给那些坏人好了。

让他们在他们的世界里相互欺骗与争斗，都是铁石心肠，较量底线，比试恶劣，谁也伤害不到谁。

各自为界，互不相扰。何必裹杂在一起，彼此难以度化，生出悲剧与忧愁。

我从没有阶级歧视，只以灵魂划分人类。

这是一个被现实折损的理想主义者的无力灵魂，自动分泌的一层保护液。

理想主义者的理想，大抵都是相近的吧。

我想让天空蔚蓝，绿树招展。每个走在街上的人都心安理得，心情荡漾，即使孤单一人，也觉得充满希望。

我想让夜晚孤独冷寂的人，都喜欢床的温柔与被子的暖。

我想让人们选择信任，保有天真，从不为了满足私欲而让他人受苦。

我想让抑郁焦虑的人变得轻巧明亮，只为爱和感动流下眼泪。

我想让酒醉的有人关怀，生病的有人惦念。

我想让人笑起来有人动容，哭起来有人疼。

我想让人们活得体面又尊贵，尊重他人如同尊重自我。

我想让所有的绝望都能找到出路。

我想让人人都有体恤他人的能力，在别人的故事里看到自己。

我想让所有美好的事物永恒不落，不随时间枯萎，也不被人类轻贱。

我想让相爱的人永不分离，暖春一起看花开，寒冬之时，还把你冰凉的手焐得火热。

我想让你有梦可以做，有酒可以喝。

我想让这个世界顿然醒悟，以善良和单纯为荣。

这种在月下独享的美梦，夜复一夜，令我沉迷。

　　　　　　　　　　　　　　　　　　人间不责备

然而事实上，有时我俯在二十层的窗口向下望，街上游动的人群犹如沸腾的虫蚁，沦陷于世故，一团奔忙，仿佛在人间的苦海中挣扎，被现实这锅热油烫得面目不整也浑然不觉。

他们在慌张地赶往哪里呢？像是遗忘了自己，那样地马不停蹄。

途经的路人，偶尔相视，眼神并无温度。甚至，还能看到一些寒气和硬气。

人丢了柔软，就不可爱了。

可爱的还是理想主义者。

梁文道有段话说得好。他说："读一些无用的书，做一些无用的事，花一些无用的时间，都是为了在一切已知之外，保留一个超越自己的机会。"

人生中一些很了不起的变化，就是来自这种时刻。

月亮啊，你说，人是不是得有梦在心里住着。

命运之网，危机重重，世上太多不可控之事，即使无法从中解脱出来，也应该心有所定，专注一些美梦的吧。

说白了，那些被烫平了褶皱的华丽袍子，经过一段时间，又会布满新的褶皱。人生里的不如意，是变着花样存在的。如果不坚定地相信点什么，人间不是太荒芜了吗？

岁月一如既往，波澜不尽。回头看，悲壮大小不等。往前看，一片未知之谜。

失去了相信的力量，等于失去了一切。

相信不等同于幻想，即使它没有如期实现，但是你信了，受用的是
自己。

《圣经》上说，聪明人，都会中了自己的诡计。信则坚，疑则毁。美好
始于洁净，世俗使人苍老。
也说不定一个翻身，梦，就从梦里翻到了梦外。

凌晨四点，月亮要去睡了，我和它道别。
末了，我想，假如人类能够和宇宙有个具象的连接，假如能够有个特殊
的信号通向天空，那么心中有爱却无人接收的人，就索性把它们扔去天
上，抛向夜空。如同群星飞舞，如同烟花绽开。
而那些可爱的星月们，是否会因为忙着接收来自大地的心愿，而变得奔
来跑去，让夜空更加流光溢彩呢?
如此一想，甚觉美丽。

晴，有时多云

每个人心中都应该住着一个小孩子，小男孩或者小女孩。

无论多少岁，也许牙齿掉光，头发花白，都应该活得干净，晴好，放声地大笑，毫无芥蒂地信任，不是吗？

八月二十五日，晴。

午后多云，此时小雨。

许多年前的这一天，我作为一个新鲜的生命，到这个世界上来看看。不料，除了音乐诗歌，花鸟流云，还有一些美好的你们等着。

这样一同经过人间的缘分，真是美妙。

[1]

小柒，你好：

那天你打电话给我，聊着扯着，就扯出了我们的回忆与青春。

作为小学同学，数来你是我认识最久的朋友了。

我来北京以后，你也在家乡遥遥不甘心，一个勇气之下投奔了我。

那时候我们梦想新鲜，也以为它的保质期会很久。只是后来，没有久过时间的考验和现实的磨难。

你在回忆中说，有年冬天，深夜被房东赶出来，下着大雪，一时也联系不到我，就裹着被子在房顶上过了一夜。

听来心酸。

后来的我们，在这个欲望城市摸爬滚打，读书写字，穿过鲜花，走过荆棘。

一晃经年，脆弱早就被锻造得苗壮。当初一起做梦的人，开始在各自的轨道上走着自己的路。

　　　　　　　　人间不责备

出于某种妥协，你早早进入了家庭生活，可惜并不幸福。直到弄丢了自己才开始发狠，说，如果离婚拿到钱，我就去周游世界，把青春重活一遍。

你呀，从小就是这样，缺乏主张，怯懦，迎合。包括结婚这件事，你当初都没弄清楚怎么回事，搞到现在，后悔莫及。

结婚生子这种事，怎么可以儿戏呢？必须要一切都准备沉实才行呀。

说到这里，想起一件好笑的事。

你刚到北京时投奔我，两个人滚在一张床上，一起吃，一起睡。快乐得没心没肺。

后来我交了男朋友，你完蛋了，像是遭遇了背叛，伤心欲绝地写了一封信给我。

那封信写得真是血泪混交啊，你特意用了红颜色的笔，以示情绪之浓烈。控诉我重色轻友，感情有所倾斜，友情竟也如此令人失望，人间还有什么可信，等等。

后来，你也交了男朋友，然后又失恋。失恋后你哭了一整夜，我陪着你，那时候就告诉你，你这样没有自我地依赖别人，日后是要吃大苦头的。

没想到的是，婚姻的变故彻底锤炼了你。

成为母亲之后，你变得强大，目标明确，敢于决定。像是一头勇敢的豹子，对于旁人难以想象的困难再也无所畏惧。纵然失去了很多，但是收获了一个好的女儿，是上帝给你的补偿。

你羡慕我，觉得我的生活精彩，没白活。

岁月面前，人人平等。要知道，在你过家庭生活的这些年，我出门旅行，闭门写作，情感颠簸，独自生长，也是你难以想象的承担。

好在我没什么遗憾，因为我只能忠于自己。这一点上，你最了解我。

每个人心中都有一个美梦。为了这个美梦，我们付出各种代价。

把自己献给黑夜白昼，献给春夏秋冬，献给踌躇满志，献给万念俱灰。

即便每个人都想方设法拽着青春的幕角不肯离场，然而时间严苛冷峻，不留情面。不知道时间是怎么溜走的，我们突然就从背着书包一起上学的小伙伴，到了头上钻出白发与现实抗争的勇士。

你在时光中被锻造为一个强大的母亲，而我，在动荡之中，也早已不是从前那个做什么都要你陪的胆小鬼。

时间犹如车轮辗转，我们对此无能为力。

我们只能坚定前行。

幸运的是，相对于还在继续迷失的人，我们学会了按照自己的心意生活，放胆丢掉了旁人的眼光。

还有一些糊涂人，身陷迷失却不自知。人人需要救赎，人人都在谈论救赎，可通常的结果是，人们把自己陷入一个更大的圈套之中，继续上着自己的当。

面对自我认知不清这种事，直接导致的后果是，无论你如何努力地建立自我，都不过是在加剧方向性的残缺。

循环往复，命运有可能就这样被耽误了一辈子。

　　　　　　　　　人间不责备

小柒，真高兴你及时地找到了自己的价值，在后半生还没被消耗掉之前。

真的，我们实在太渺小了。因为渺小，才要活到最大化。

我深知你这些年的不易，但谁在这世上又是毫不费力的呢？

若不是认识到自我的渺小，怎么会激发重生的动力。我们不能更长久地欺骗自己了。

经常我在路途中，经过繁华都市、乡间旷野，经过山脉河流、飞鸟虫兽，经过人情冷暖、已知未知，所有这一切，组成了无尽的苍茫。而我们身处苍茫之中，不过是小小的虫蚁，常常与自己的生命徒劳打转，像是猫捉尾巴的游戏。

每当那时我就更加坚信，人生哪里有什么更伟大的意义，除了不虚此生，就是让自己保持诚实地活着。

小柒，对于你呢，在未来，我倒是希望你能再折腾一些。

这种折腾，不是骄纵任性，不是胡作非为。它是一种态度，一种诚实，是一种思维的革新，崭新的开启。它需要你的心打破常规与禁锢，变得更加勇敢。一味逃避，依赖时间，幻想改变，那只会让你更加无望。

这样委曲求全下去，人生眼看就快被走完，也太不划算了。

所以，亲爱的小柒，我们作为一同走过半生的朋友，大抵还会参与彼此的后半生，如今我亲眼看到了你的改变，像是变成了一个新的你，我都快不认识了，甚至还有些崇拜了。

你终于不再在乎别人的眼光，这真好。

外界的眼光，永远都是审视不尽的。

我特别认真地祝福你，祝你认真地开始生活，并持续下去。
祝福你我的人生，多数晴好，偶尔多云。

[2]

云，你好：
每个人的爱，都是经由上帝允许，才抵达另外一个人那里的。
所以没有一个人的现在不是联结着过去和未来，只有送出礼物，才会得
到礼物。

去年生日，我最惊喜的，是你送我的定制礼物。
一个木制的音乐盒，音乐是《千与千寻》的主题曲《奇幻少女》。这不
是重要的，重要的是你在盒子上刻了两行字，意味深长——

　　晴，有时多云
　　All will be well.（一切都会好起来的。）

你说，人的情绪，大部分应该是晴好的，只允许偶尔多云一下。
更大的惊喜在于，这句话，是以我的名为首，你的姓为尾。
这等机灵，令我赞叹。

你姓云，是蒙古族。

你说，高中时期，特别容易伤春悲秋，觉得和自己姓云有关，总是乌云密布，于是对晴这个字有着特别的好感，看见就觉得心中明朗。

原本我们只是在一个偌大的饭局上遇见，朋友介绍着朋友，大家一片真情假意的热闹寒暄，推杯换盏。

对于这种场合，我通常不是主动热络的人。当朋友介绍到我，不知道是不是我名字的原因，你热情地一把拉我到身边，说读过我的书，说你也是中文系毕业，喜欢我的文字，等等。

这么一来，我这种不禁好意的人，当天就跟你喝得很高兴。

此后，没什么过渡的，我们就很亲近了。

你年纪比我小，却不妨碍我们交流。

你会跟我唠叨些工作上的糟心事，我也会跟你说些自己的麻烦。我们一起去看演出，跟我们喜欢的音乐人吃饭喝酒。一阵不见，你就会跑来我家吃顿饭，哪怕吃完抹嘴就走。

你的琴比我弹得好。你几次背着琴到我家，我们假模假式地弹琴，弹不了多一会儿，就又去忙着吃吃喝喝了。

朋友从来都不需要铺天盖地的多，懒洋洋地相互赖着就足够好。

你会想到送我一个音乐盒，也是因为你心里有着少女的干净。

每个人心中都应该住着一个小孩子，小男孩或者小女孩。无论多少岁，也许牙齿掉光，头发花白，都应该活得干净，晴好，放声地大笑，毫无芥蒂地信任，不是吗？

没什么比一个人的灵魂干净，彼此懂得，更值得珍惜的了。

至少我们都是这样认为的。

那么，我也要把你赠予我的话转赠于你。

云，愿你未来的日子，晴好多于阴云。

你年轻，爱美，又聪明。你喜欢音乐，还喜欢扮酷。但就是这样的一个你，竟然突然成为了一个小妈妈。所以，你自己就不能再像一个孩子了。

你的人生不再是你自己的了。

为了眼神清澈的这个婴儿，你要成为他人间的盔甲，世间的堡垒，清扫多云，多数晴好。

像一朵向日葵那样，牵着他，领着他，走在所有阳光可以照耀的地方。

直至走完你们之间，这个特别的相会。

[3]

心茧，你好：

人来到世间，总有一些特别的相会。

捡到你这个朋友，实在是我的荣幸。历经了你我这场友情才知道，同性朋友的灵魂之交，也是绝不含糊的。

也不知道你的能量从哪里来的，你永远像个火热的太阳，快乐，热情，永远是最能带动氛围的那一个。

人间不责备

你也总是在遇到新朋友的酒局上，把我们的故事不厌其烦地讲述一遍再一遍。

按照故事的各种巧合来说，我们的故事，倒也值得讲一讲。

时间一晃，故事的开头需要倒退十六年。

二〇〇三年的你，乘坐地铁，在地铁的书摊上翻到我的书。

后来你说，那个书名取得太差了，跟里面的文字根本不匹配。当时地铁疾驰而来，你还是用了最快的速度把书买下来，生怕错过了不再有似的。

你还按照惯常的方式，在扉页上标注了购书日期和地点。

书读了没多少，你就想给我写信。

原本挺细心的你，不知道哪根弦出了问题，书上赫然留有我的邮箱，你却视而不见，鬼使神差地，跑到我书中提到的一个导演的博客下留言，说喜欢我的文字，请他代为转达。

后来事实证明，你真不是为了和那个导演搭讪。这一点是确信的。

那个导演也是认真，这样一件小事，竟然特别认真地告诉了我。然后，我特别认真地回复了你。然后，就这样，一个命中注定的缘分，兜兜转转之后，特别圆满地活了下来。

世间相遇并不稀奇，只是有些人的出现犹如镜花水月，一经走失就不再温暖。

我们不一样。

我们一路疯疯癫癫，前生有约似的温暖与默契，一走，就一起度过了人生的十六年。细想人间事，有些注定的缘分，大概在全然陌生之时，早已暗自汇合。

去年，我们一起去看李志的演出，看完去了你家。

你又像往常一样燃烧起来，摊了一地的啤酒和吃食，一副又要喝到天昏地暗的性情。"管它呢"，是你燃烧前奏的口头禅，这么些年都没有变。

不得不说的是，你实在太爱喝酒了，以至于被你影响之后，我跟酒的关系，发生了质的改变。

选好了喜欢的音乐，我们席地而坐。

酒过三巡，你又感慨，说："给你写信的读者那么多，为什么偏偏选择见了我？为什么我跑到那个导演博客下留言，他又偏偏告诉了你？为什么见过之后，我们又总有理由一次又一次地见？"

你每次连珠炮似的为什么，就又把我们不可解释的缘分，就着酒喝了一遍又一遍。

你实在是个易燃的姑娘，一点火星就能燎及整个原野。

你一激动，就蹭蹭地跑去取来那本书，说："你看，这本书已经被快被我翻烂了，你是不是应该给我颁个最称职读者奖？"

接过书的那一刻，我就感动了。

书不仅被翻阅得破旧，并且厚度大约也增加了一倍。你在书上做了密密麻麻的笔记，每一章，每一页，甚至每一行。

然后，就在我们认识十六年后的那天晚上，我们才后知后觉地发现，扉页上，你用铅笔记着：二〇〇三年八月二十五日，购于阜成门地铁站。

不早也不晚，你在我生日那天，买下我的书。

这个巧合的发现，又让你的兴奋几乎翻了天。那天的酒，我们再次喝到了天亮。

我常常都要被你的热情烤焦了。由于跟不上你的兴奋节奏，我常常被你密集的能量提速到唇齿发颤。

最后我说，写作很辛苦，但因为这本书，得到了你这样一个朋友，值了。

心茧，你不是我朋友中认识最久的，却是最默契的，最会心的，最照顾我的，也是最纵容我的一个了。

尽管我们圈子不同，行业不同，连民族都不是同一个，却像是一个头脑生出的两个身体。我们常常对同一件事，做出全然相同的反应。在同一个时刻，脱口而出一模一样的话。在同一个人的言行举止中，不约而同地发现同样会心的点。

作为人生中途偶然相遇的我们，这种默契，实在罕见。

心有灵犀，倾盖如故，我们对此只能胡乱地解释，我们大抵是上辈子失散的一对恋人，是星球爆炸时的两个碎片。

如若不是因为我们的往来，深居简出的我，大概不容易发现北京原来这么大。

我们住得太远了。

我在东，你在西。我不爱出门，你就常常绕半个北京城来找我。可能是夜半大雪至，可能是柳絮纷飞归。

每次见面，不知道怎么时间就飞快过去了，以至次日感慨，又似乎好久没有见面了一样。

也没什么正经事，疯疯癫癫的，像两个彼此懂得的傻瓜，说着一些开心的废话。

你早就熟悉了我家的一切。每次来我家，跟进自家没什么两样。

有时我还在工作，你就拎着自备的饭菜，直奔厨房。打扫，做饭。或者直接冲进浴室冲个澡。

我会伏在电脑前，头也不抬地说，啤酒在冰箱，给你冰好了。

就像日常生活中的爸爸和妈妈，早就了解了彼此的喜好与细节。

说到酒，等下我还真是要怪你。倒也并不是真的怪你，只是不能总在夸赞你。

因为对你一经夸起，就会停不下来。你的优点实在太多了。

你是个好玩的人，聪明，幽默，反应又快，又很靠谱。只有一点不好，过于靠谱。

你有时想要给我打电话，就会首先考虑，我睡眠不好，电话会不会吵醒我，于是就先发个信息试探。

有时担心我吃饭不规律，就擅自叫了外卖给我。

当然不仅仅对我，你对所有人，都是付出型人格。朋友们因此爱戴你，但你自己，真的是有点累呀。

好在你是个头脑灵活的天秤座，懂得及时平衡，倒也没见耽误你的

　　　　　　　　　　　　人间不责备

快乐。

说到喝酒这件事，也是你给我长的见识。

我原本是没那么爱酒的，但受你影响，一发不可收拾。

你是朝鲜族姑娘，逢人要喝，自己也要喝。情境一到，白天要喝，晚上也要喝。

倒也不是什么豪饮。

我明白你的性情，你是个被气氛打败的人。气氛一到，你的能量被激活，你就需要去与酒连接。你是追求内外达到统一的人。

所以即便气氛不到，你制造气氛也要喝。

在有着取之不尽用之不竭的能量这件事上，我比你是差了一大截的。

不过要批评你的是，一年四季都只喝冰啤酒这件事，小心你的胃日后跟你算账。

尽管我们的灵魂还尚且干净，身体却是渐老了。为了可以喝得更长久，为了八十岁的寿宴之约，你还是要收敛一下性情。

我也一样。

八十岁的寿宴之约，也是你提出的。

这些年来，我出书，生日，失恋，生病，人生中每一件大事小情，你都没有一次缺席。

每年一进八月，你第一个开始计划张罗，这次要怎么过，邀请哪些人，去什么地方，策划什么主题。你说你高兴这样张罗，到了我八十大寿，还要这样给我张罗。

你对我如此厚爱，对我这样好，常常令我心生歉疚，自愧不如。

我呢，总觉得自己并没有给予你什么，也就一些精神的火焰吧。

可你就不一样了。你把自己作为贤惠能干的朝鲜族姑娘的本领尽显，学会一道新菜，遇到好的吃食，都会想到我。原本对吃不怎么在意的我，认识你之后，从此在餐桌上丧失了自己的审美。所有经你手的东西，我都觉得是人间美味。

而你却说，我给予你的精神营养，旁人无可替代。

那么好，有所交集又能相互弥补的关系，大抵才会最长久吧。

于是，在时间与事件的检验中，我们一拍即合地认定了对方。

像是一条河流遇见另一条河流，决定一起流向共同向往的大海。

我们一起旅行，走南闯北。

我们在阳朔玩疯了一整条西街，导致三天之后，没有一个酒吧的老板不认识我们。

我们在朱家角的夜晚迷路，两个微醺的开心的家伙，深一脚浅一脚地相互搀扶着，在回客栈的路上一个指东一个指西，最后被一个热心路人带回客栈时，天都亮了。

我们在暴雨滂沱的旅途中寸步难行，就索性打开音乐放声歌唱。

我们在所有店铺都打烊后去找加油站买酒。

我们在朋友的生日聚会上，冲进厨房烹炸掉人家的食物。

我们是别人眼中的疯子，是彼此心中的天使。

我们的所有狂欢与爱，都只有我们自己最明白。

这么多年了，即便是情人，激情也该消散了，我们的热切，却是丝毫未减。

并且唯有跟你，惯常沉默喜静的我，才会变得像个解放的囚鸟疯疯癫癫。

我们没有秘密，凡事共享。

你见证过我的辉煌，也陪伴过我的落魄。

也只有你，陪我喝过最多的酒，见我失过最多的恋。

你还最迁就纵容我。

有些事，我这边刚刚起心动念，你在一旁就已经明白了。

你的珍贵还在于，纵容我的同时也管理我，永远会有一条不失分寸的线。我们做到了尽情燃烧，但远远还没有燃烧尽兴。

我们神经质一般地消耗，又设身处地地给予。

十六年的时光中，我们见证了彼此的悲欢起伏，也见证了一些像我们一样的友情开放的枝芽。

一个姑娘在微博上私信我，说好友即将生日，我能不能送一个祝福给她做礼物。

原因是，两个人因为喜欢我的书，在我微博的留言中相互投了缘，一来二去，彼此意会，已经做了六年好友。

用她的话说，灵魂之交。

她一说，我就懂了。

零点整，我准时在微博上@了她们两个，送上祝福。祝福她们能够一直结伴走，一同注目每个春暖花开，一同分享到头发花白。

心茧，你看，人海中不乏一些欢喜的相遇，像我们一样，相互认定又美又好。

这样的遇见与心照不宣，人间实在要多一些才好。

我常常想，这十六年里，如果缺少了你，我燃烧的火焰又将是跟谁接通呢？

所以早在几年前，你在我的通讯录中，和我的家人一起，被标注了星标，成为了我的后天亲人。

我这人心重，别人一对我好，我就觉得亏欠。

可是像你这样的朋友对我的好，我慢慢也就接受得坦荡了。因为已经决定了走一辈子，时间还长得很，怎么会没有机会还。

先天亲人我们无法选择，幸运的是后来总有一些人进入我们的生命，成为无法替代的温暖。这让我们在沮丧时感到心安，知道会有那么一个人，可以永远做你的底牌。

谢谢你，心茧。我来不及弯腰捡起你，你就起身陪伴了我。

愿你一生快活，被人爱。

至于我们的八十岁寿宴之约，即便不能如愿举行，其中有一个人提早离开，我们也会在特定的日子里，朝着对方的墓碑凝望。可能是百花盛放，也可能是秋叶满地，原野之中，一个优雅的、满头银发的老太太，因为回忆起某些过往，笑意爬满了皱纹。

而后举起一杯冰凉的啤酒，热泪盈眶，一饮而尽。

人间不责备

写到这里，我的眼睛湿了，心也酸楚了。

我想你看到，自会懂得。

[4]

非心：谢谢你，在我写作陷入瓶颈时来陪伴我，给我做好吃的新疆拉条子和大盘鸡，并且带些鲜艳的蔷薇插在我的花瓶里。

卫华：谢谢你，送了吉他和尤克里里给我，还常常送一些红酒给我喝。

张先生：谢谢你，在我的至暗时刻给予我支持。

编号004：谢谢你，我们陌不相识，你却坚持在微博上分享一些好听的音乐给我。

编号005、编号006……谢谢你们，从世界各地汇聚各样的温暖给我。

凡我所知，世间美好，一个都不想漏掉。

可爱的人太多，我无法逐一点名感谢。

我们身着盔甲行在世间，坚强又脆弱，都是世上无足重轻的人。

可是因为爱，因为还有一些值得期盼的遇见，我们变成了彼此重要的人。

我常常觉得自己一无所有，却因为写作，因为对美好心怀执念，收获了你们，收获了价值连城的美好与温暖。

一想到这些，我就觉得自己很富有。

晴，有时多云。

一个特别好的省察与记号。

就让我们一同祈愿，多数晴好，偶尔多云。

悲喜交织，晴雨相合，活得真实，巧妙度生。

一些事情，就会各按其时，成为美好。

我 的 你

我已经爱你，也许永远这样爱你。

我会为你改变。我的爱不会。

这爱不可能再增加什么新的东西了。

它不能增加得更多，也不会减少得更少。

若有一天，你流离失所，我就是你温暖的安慰，唯一的欢愉。

是你，最后的故乡。

我的你，你好啊。

我想先问你一个问题：如今这个时代，爱情是不是已经成了理想的一部分？

请原谅我这样直接。

我曾经以为，如果始终不能遇到一个对的人，是因为没能改掉那个错的自己。

后来发现并不是。外部世界与内里需求，似乎很难在同一时间统一达到正确。

境遇对时，自我不对。等到自我对了，境遇又出了差错。

生命里面很多事情，沉重婉转至不可说。

我想你是明白的。

[1]

我的你，人生真是虚妄。

阶段性地，我就嗅到暴风雨来临的空气的颤动。它将我席卷。

那么来吧。尽管我已经被它搞得疲惫不堪，可我只能欢迎它的光临，等着生命向我展露它新一轮的花招，展示它深不可测的力量。我深知每一次接招过后，都会被锻造得更加茁壮。

世界颠簸，我又倔强笨拙，这曾经使得我一度找不到方法来面对生活以及爱情，吃了不少苦头。

终于，现在，我认为我可以了。像一只熟透的果子，坐下来企图与一个人进行生命的合作，对面却空无一人。那局面很悲凉。

许多时候，若不是为了等你，我简直都要放弃这种追寻了呢。

我的你，我想你是不是也一样，始终没有好的运气，在对的时间，遇到一个对的人。

曾经，我把自己最好的年华，都奉献给了那些会唱好听的歌，也会说好听情话的男人。他们好比天上的飞鸟，我是人间认真的种子，相互灌溉，彼此营养，却未能结出期待的果实。

这听起来是件伤心事。好在我生性倔强，还挺能承担自己的选择的。就算没有了鞋子，裸足起舞，也还打算把余下的路走得漂亮。

我早已决定把好的和坏的统统都收下，哪怕最后两手空空什么都没有，我也祈愿活得干净自在。

我只想面对美好的事物，说我爱着。

我的你，这是一个需要坚忍与自负盈亏的年代，没有人愿意去剖析你的精神之源。

人人都在走钢索。人对人失去耐心。

我还算幸运，已经学会对世界和自己保持耐心。当一个人面临挑战的应对过于迅速，是不可能得出深思熟虑的结果的。

那么好，明白了这个道理，我把自己放下来。

想想，假如再遇到一个人，假如我们可以相互交好，就以最坦诚的姿态，获取最深厚的情分。

既然我们都曾经千疮百孔，既然我们终于可以将对方从人群中辨认出来，那么应该直接进入信任、真诚、敞开的阶段。彼此给予微笑和营养、支持和鼓励，填补我们在此之前遭受的苦楚。

少去猜忌、怀疑、试探。那些都是消耗心力的事，会使人苍老。

我的你，我们应该学习完全地信任一个人。还像年轻时候那样尖锐，伤人，就不好玩了。

想要爱人，首先要学会平静。爱情是对生命以及我们所爱之物的积极的关心，如果缺乏这种积极的关心，那么它只是一种情绪，而不是爱情。

所以我的你，千万不要让你的爱使我陷入忧愁，花费了半生时间去等，如果还是那样，就太令人沮丧了。

[2]

我的你，你知道吗？

虽然我们未曾谋面，但我对你毫不陌生。你的样子，在我心中早就根深蒂固。

你宽厚纯良，待人谦逊，有礼有节，绝不狂妄轻浮。

你饱经世故，却又保持敏感之心。热爱万物，敢于探索。温暖，光明，豁达。

　　　　　　　　　　　　人间不责备

你有着好的审美，干净，整洁，拒绝花里胡哨。

你喜欢把胡子刮得干净，思考的时候，会习惯性地摸一摸泛青的下巴。

你的眼神，笃定有力，洁净不浊，可以让世界和我都柔软下来。

嗯，我喜欢你呢，在外像座大山，回家像个孩子。

你允许我脆弱，骄纵，这时你就像个父亲，摸摸我的头，我就安静下来。

我也允许你像个孩子，对我撒娇要赖，指挥我给你干这干那，满足你内心孩子式的童真。

我们时有孤独，我们愿意保留各自的空间，但我们又愿意交谈。

我们愿意和对方一起生长，彼此照耀，以便成为最高版本的自己。

而我，对你的需要更是迫切。无论美好还是忧伤，只要灵魂涌动起舞，我都想要和你分享。

美和真是一体，灵魂太需要爱情。无论我们以何种形式存在，都阻挡不了我想与你侃侃而谈，直到青苔蔓延到唇际，并把我们的姓名一一掩埋。

这种爱的涌动，永远都是一个不可测度的秘密。

我的你，我要感谢你。

在这个迷人又坚硬的城市，你是我精神上的一道光芒，给我力量，使我坚强。苦都不算什么的。

爱情的苦，孤独的苦，于我而言，早已不是什么稀奇之事。有人说，所有的爱情都是悲哀的，尽管如此，它依然是我知道的最美好的事。

我对自己有许多不满。我过于实诚与耿直，容易轻信于人，也容易得罪人。

有时候，我多希望无论生活在我面前搞什么花样，自己都能像个熟练的老手那样，在它面前保持镇静，不失理智。但实际上，因为不切实际的天真，也没能完全抛弃愚执，来路走得踉踉跄跄。

每逢此时，我都希望你能在身边，给我一点你的智慧与建议。

我愿意听你说话，那是我无法抵达的世界。而我说的话，你也觉得动听。

我们一起，做我们各自单独一人时无法完成的事，一起在荆棘中栽种玫瑰，打理属于我们自己的内心花园。

我说的是，我们。

所以，我的你，我想尽快遇到你。

遇到你，我就可以变成任何一种柔软之物，愿意时刻为你绽放的花朵。

可你是怎么了呢？你的生命遇到什么麻烦了呢？

日后见面，你可以讲给我听。我尚且还有一点不算太大的智慧，愿意用全部为你解答。

不用此刻尽力去爱的人，都必将错过体验爱的时刻。

道理很简单，每个人面对生命，我们以前无能为力，以后也一样无能为力。除了心怀坚持，保有尊严地去追求人生的宽广，除此之外又有什么意义呢？

肤浅潦草的人生，没有博大的爱的人生，即便很长很长，又有什么意义呢?

所以，不要害怕我的介入。总要有人介入你的生命。

不是我，也会是别人。

[3]

我的你，不瞒你说，我也曾对世界深深失望过。

任何一个单纯的、过度诚实的人，都曾被现实折损过，出卖过。可是请原谅我的固执，依然痴心不改。

我坚定地相信这个世界迟早会醒悟过来，以善良和单纯为荣。

现在，经过了好的，也度过了坏的，我把自己调整到了最佳状态。爱已满溢，更是无法将就。

路漫漫其修远，既然我们不能永远在一起，为什么还不早早地好好在一起?

因缘际会，穿过了半生的遇见，你应当是我另一半的清白。

接下来，我想告诉你，我会怎样以我特有的方式去爱你。

人的一生，必须有这么一个时刻，听到一个人赤裸的、脆弱的、毫无修饰的、充满缺陷的爱恋的声音。

我的你，你早就住在了我的心中，贯穿了我整个的生命。

我读书写字，接受教育，都只为接受这一刻的到来。

我们无论以哪种形式交换对方，我们都应该是为了接受彼此的爱而降生。

这爱温柔缱绻，偷偷潜入，无所不在，流遍我的全身。我就想这样爱上你，爱那个真实地活在世间，在每一段路途都有我相伴的你。这让我每每想起，就热血沸腾，肌肉刺痛。

我喜欢你的思想，你的拥抱，并为它们神魂颠倒。

你让我的思想宁和镇静，让我的灵魂心满意足，让我的爱在你怀抱的无数场爱情中找到位置。在世人言语的疆域之外，我们比那些忧愁哭泣的爱人们结合得更为紧密。

即使明天再也不会到来，我也毫不在意。

你的怀抱就是我人生的开始和结束。

你将我从对万物长久的忧虑中解救出来。

我还知道，我们遵循着同样的生活规范，见解一致。你怎样想，我也怎样想。

我们喜欢同样的诗歌和音乐，同样的假日和大自然。爱时时迷着我们的心魂。

我与你并肩漫步，无论你去向何方。

我与你共枕而眠，无论你知晓什么。

我要和你长相厮守，无论醒来时还是梦寐中。

我们的爱为彼此补充了能量，让我们感到自己具有的性别特征，并将彼此带到一个全新的高度。我们生命的意义，生命的激情，都将交织在一起，创造出这世间无与伦比的珍宝。

我爱你。无论你是健康还是疾病，好运还是厄运，富有还是贫穷。

无论发生什么事，我都会爱你如故。

这种渴求已然镂刻在我的生命之中。

[4]

我的你，我还要悄悄告诉你，我常常会看到我们生活的画面。犹如日常，在我的脑中交替浮现。有时像个梦，时而又触手可及。

我们呢，有一所带院子的房子，院子里有我们亲手种下的花草和蔬菜。

没关系，你要不愿意干活，我是喜欢劳动的人，你在旁边喝茶就好了。

傍晚做饭时，我会喊你去摘几棵香菜，或是拔一棵萝卜。

我们还有两只肥猫。即便每天只知道呼呼大睡，看到它们，还是会觉得这是神赐的幸福。

如果可以，我真想养一匹马呢。那是与我性格暗喻相合的动物，始终有着很深的情结。

我们一起耕田，一起撒下种子，浇水，施肥，看它们在阳光的滋养下发芽开花，结出果实。

如同我们的爱情。

我们每日相拥而睡。

你通常比我早起，所以我会在你的洗澡声中醒来。

我打着哈欠去给你榨一杯橙汁，煎两个鸡蛋，烤两片面包。看着你把它们吃下，我十分满足。而你为了感谢我这样做，出门前都要给我一个亲吻。

我们的每一天，都是崭新的一天。

我们所需要的一切都正在到来。

对了，我们还有一个阳光房。里面养了很多绿植，有幸福树，也有栀子花。中间哗哗流淌的，是你亲手设计的水系。你动手的能力很强，这一点我很崇拜。

你出门以后，我会带着电脑到阳光房写作。这时候，两只肥猫就会扭动着屁股跟随我，一左一右，团在我的脚下。

它们调皮起来，也会跳到键盘上，敲下一串人类无法抵达的语言。

如果不是跟朋友聚会，我们大部分时间会一同晚餐。饭间闲言碎语，我听与世交融的你，讲些社会趣事给与世隔绝的我。

我们喝一点红酒，放一点音乐。这时晚餐的内容就不再重要，重要的是我们的灵魂在一起。

饭后你犯懒，躺在沙发上，我就会读书给你听。当然，也可能跟你谈论我当天的写作。你永远都是我第一个读者。

我们也可能去散步。去看人间百态，老人孩子，猫猫狗狗，并报以赞美与微笑。

那是生活的本相，也是我们未来要抵达的人生。

到了周末，我们就开车去郊外，一路经过弥望的村庄和田野，带着我们自己的帐篷，在可以看到星空的地方安营扎寨。

从小我就喜欢星空，迷恋月亮。仰望天空时，总是比仰望天花板更能找到自己在这个世界的位置。

也或者我们会去更远的地方旅行。

我们一起背着行囊，蹚过山川湖泊。

去西藏。去越南。去马尔代夫。去印度和埃及。去无数已知的地方，探寻未知的自己。一路的山河见证着我们的存在，然而我们的存在又在大自然中，那么微小，不值一提。

黄昏时分漫天霞光，我们惊叹得紧紧拥抱。那时已经不再需要确认什么，我们早已如同天空和大地，因为爱而互为一体。

一两年过后，生一两个孩子。

在孕育孩子的部分，曾花费我最大的想象。我是必须要生一个孩子，才肯满足自己母性的那种人。

好了，那时，我腆着很丑的大肚子，挽着你的臂弯，在晚霞中笨重地走走停停。

孕妇装也要好看，是我亲自设计和缝制的。

我们有时会为一个问题发生争论，这时腹中的孩子便偏向妈妈，不停踢动。你很紧张，于是向我示弱。

希望她是个女孩。不要太美，太美会招惹是非。要有才情智慧。

她出生后的每个夏季夜晚，我们一家人都在院子里纳凉，朝向星空，玩故事接龙的游戏。像我们童年时那样。

结果，我们每次编得都不如孩子精彩。

我们偶尔会带她去看演出或者话剧，早早见识，以免在不恰当的年纪叛逆，会惹人嘲笑。

然后我们一起，看着她是如何长大，恋爱。看着自己是如何渐渐老去。

好吧，我知道，这样的爱情太理想化了，连你都要笑我了。

但是没关系，为什么不可以有理想呢？谁又规定理想的爱情不会实现呢？

理想原本就是人生不可分割的一部分，用以抚慰绝望，用以调剂荒芜。

唯一不同的是，人的思想质量决定他的生活方式，所以只有独有的你和我，才可以组成这样特别的，属于我们独有的生活。

[5]

可是，我的你，我也知道，相互温暖，是不可控之事。

但我希望我们一旦交好，就永不放弃对方。放弃，从来都是最轻易的决定。

你看因为情感颠簸，忠贞与放荡是同样憔悴的脸。

我们都有许多缺失，正因如此，我们才更要有变得更好的信念。帮助对方和自己，活出最高版本，那才是好的遇见。

就这样，我们一步一步地走着，结结实实地走着，永不拒绝生命交给我们的重负。

到了迟暮之年回望，生命必然会给我们公平的答案，以及再次乍喜的心情。

那时的山水，又重新恢复了山水，而我们已然一起走过，属于我们自己的人生之旅。

我曾在深夜祈祷说，除了上帝，我的一生没有君王。那么，就请你来统治我，掌管我吧。

即使我不能像秋天的麦子那样金黄，但心甘情愿地被你收割。

我已经爱你，也许永远这样爱你。这爱不可能再增加什么新的东西了。

所以我现在必须对你表达，这爱已经满溢，不会有哪一时比这一刻更为真切了。

我的你，最后，我想对你说：

若有一天，你流离失所，我就是你温暖的安慰，唯一的欢愉。

是你最后的故乡。

我会为你改变。我的爱不会。

它不能增加得更多，也不会减少得更少。

这，就是遇到我以后，你的命运。

多情之用

凡是美好，都微小而短暂，
痛苦才是大而恒久的。

作为在人生旅途中匆匆路过的灵与肉，
我感受到因多情而生发的美好，
像是来自彼岸的荣光，
折射出内心与之相合的颜色。

多情之用，
像是理想，
没有更多的用处，
无非是把不如意的事物，
尽力修补得漂亮一些罢了。

多 情 之 用

多情的人爱人，爱情更炽热。

多情的人看月亮，月亮就意味着一切。

多情的灵魂孤独，却自有它特别的钥匙。

与黄昏共处，像是被囚禁的烈鸟。

把酒瓶与因酒而起的思绪残渍一并抛出个弧线，准确地扔进垃圾桶。

把车打着火，去看看春天和朋友。

人在一个状态里浸泡久了，需要通风晾晒。

就像伤口，保持干燥，才容易痊愈。

春天像刀片一样开启。

复苏的锐利，给人温暖又新鲜的刺激。

宅了一整个冬天的我，像是宅了整个人生。一次次深夜醒来的时刻，像是旅行途中，迷失在幽暗的森林。

期盼灵魂的明澄，又有些不可言说的挟制令人无法即刻起身。

隔夜的酒瓶横躺着，提醒着囚禁与挣扎的震颤。

这种抽象又丰富的矛盾，通向自省。

决定去看望一个路途遥远的朋友，无非是想多一些时间在路上，和三月的春光多待上一会儿。

果然，三月的春风让城市少了些笨重。轻盈，明亮。

打开音乐，列表里有几百首。不做选择，任凭它们按照自己的顺序播放着。北京的路一如往常地拥堵，但是很愉快。

走到四环，一个转弯，迎头就撞上半个天空的晚霞。火烧一样，炫目粲然。

心情整个就荡漾起来。

三月的风光真好。天空明澄，音乐铿锵。

我看到打扮漂亮的人们和车辆在街上交互穿行，那一刻，美好在内心激涌。

打量着这样的人间之美，哪里还顾得上什么忧愁呢。只想与一切和解。

行至途中，收到姜昕发来的一张照片，是芭堤雅的海。

一棵古树，粗壮繁茂，根扎在岸上，枝干却深深地弯到了海的中央去。

海与树建立了自然。辽阔，深远。像个静谧的老人注目着万物。

当时她和张楚正在泰国的那片海边，我听到手机里传来张楚像孩子一样兴奋的声音，冲我喊着，快来吧，这里宛若天堂。

而我在世界的这方，被半个天空的霞光笼罩，在自己的精神世界中旅行。

车里正放到一首Bill Callahan（比尔·卡拉汗）的*Rococo Zephyr*（《清风徐徐》）。我听到歌词在唱：我曾经看不见这世界，但现在世界就在我眼前。

不是只有创作时才会遇到灵感。灵感在生活中是无处不在的。

某个因素，某个环境，某个刺激，不期而遇，形成效应，繁盛忽然就在心中开启。你不知如何确切表达，只觉整个世界的美好都与你相关。

你在那一刻被充满。

像是醉了最好的酒，爱了最爱的人。

他们一路给我做着分享，似乎只有把美好分享出来，虚幻才能被确定。

姜昕说她想在芭堤雅买座房子，面朝大海，有阳光和泳池，可以弹琴写作，养老发呆。和一群趣味相投的老朋友，享受生活，相互陪伴。

如此景象，每每想起，都无比振奋。

大概没有任何一个理想主义者，可以抵抗这样理想的乐园。

激动之下，我索性把车停在路边，在一片仿佛要照进生命的漫天霞光中，和他们一起，再次畅想起我们畅想了无数次的乌托邦。

美好的人们，我们要一起到老。

我们要做人间的一味良药。

当车子再次启动，我几乎已经忘记了要去的目的地，车轮滚动着，就想一直一直地向前开。

想到朴树的《旅途》，他歌唱的那个叫作命运的旅途。

在这个旅途之中，我们会经历无数个特别的情感与时刻。

高山大海，荒原湖泊。

幸福与痛苦，温暖与眼泪。

云南的雪山。西藏的火烧云。

与亲人重逢的颤栗。与爱人交互的喜悦。

一首好歌，或者一场好酒。

也可能是毫不起眼的一个正午或者夜晚，你突然被一个情景充满，能量喷薄而出。

那些时刻令你恍惚也心生妄念，人间，究竟是真还是幻？

那样的时刻，你不再孤独。

你因多情，而与万物一体。

人生的本质并不让人欢喜。

凡是美好，都微小而短暂，痛苦才是大而恒久的。多数时候的不顺意，让人无法对生命盲目高歌，但我依然要为之赞叹，赞叹还有这些美妙时刻的来临。

多情的灵魂孤独，却自有它特别的钥匙。

这是上帝留在人间的礼物，赋予人类的特权。

写下这些字词的时刻，我正与美好交互一体。

音乐迷幻，咖啡正香。有鸟从窗口飞过，有猫在脚下酣睡。

它们都是美好的造物，而恰好我发现了它们。

我抓住了这一刻，这一刻于我，就很闪耀。

你看，里尔克的这句话是漂亮的。

他说，好好忍耐，不要沮丧。如果春天要来，大地会使它一点点地完成。我们所做的最少量的工作，不会比大地之于春天更为艰难。

没人有能力去经营一劳永逸的美好，只有拥有一颗敏感多情的心，捕捉到这些小美好，然后把它们填入那些总会卷土重来的痛苦裂缝，中和其味，人生才会得以饱满。

作为在人生旅途中匆匆路过的灵与肉，我感受到因多情而生发的美好，像是来自彼岸的荣光，折射出与内心相合的颜色。

漠然的人心中一团灰，而多情之人，即便有着孤独的气质，身上也闪耀着因多情而生发的光芒。

多情的人爱人，爱情更炽热。

多情的人看月亮，月亮就意味着一切。

当你多情地注视一切，一切也都在多情地注视你。

多情之用，像是理想，没有更多的用处，无非是把不如意的事物，尽力修补得漂亮一些罢了。

它比有形的动作，更能带给人超越的弹力。

世间缺憾既然无从补全，以多情贯穿一生，也是一种悲壮的浪漫了。

一 个 酷 的 朴 树

学会维护自我的不同，但也不用它来砍杀一切。

终于，当他尝试去看那些黑暗，接受自己，光亮如期而至。

他找到了自己的人生密码。

像一个探险者那样。

一路探寻，一路抵达。

　　　　　　　　　　　　　　人间不责备

如果你把一个人想象得完美，那么他一定是藏好了大部分的艰辛。

很多时候他也感到厌倦了。可是别无他法，他只能成为那样的一个自己。那个即便艰辛，但只能真实的自己。

朴树说，我知道真实是有代价的，我想我付得起。

[1]

隐秘的酒馆，陌生的男女。

威士忌，荷尔蒙。气味混杂，秘密温热。

有人酩酊大醉，有人一言不发。

热烈与冷寂的灵魂相互打量，识辨，审视。

擦肩而过的人也许头也不回，万里之隔的人可能遥遥想念。

每个人都像子弹一样孤独。

一个嬉皮歌手在歌唱。用力，绝望，血泪混交。

一段破碎的爱情在上演。自我放逐，沉沦，又心怀不甘，幻想着救赎。

秘密在每个人的神情中若隐若现，最终在天光到来之前，一并沉入黑夜。

许多温存过的人发生了决裂，告别也并没有体面可言。

颓丧过后无处可逃，像个哑巴在原地打转。

把裂痕进行了无数次缝合，以为总有一些什么会改变。最终还是在某天的夕阳西下时，猛然吞下一杯烈酒，在酒精中喝出命运的味道，遥望世间，我是谁，我爱谁，我去哪儿?

每天有一万件悲伤的故事在发生，谁会在乎哪个才是痛苦的第一名。

朴树的《达尼亚》刚刚发布的时候，我就非常喜欢那首歌的MV。像是一部绝望但又很酷的电影。破碎的情感，暗涌的欲望，借用爱情的挣扎，表达人生的疑难。好比一场谁的绝望更能胜出的故事大赛。

听来像是一个嬉皮精神的游戏，其实是将命运的话题提起又放下。

没什么可以解释的，这是我的命运吧。这句话很酷，很朴树。

[2]

什么是命运?

永远都觉得自己可以更好，但永远跟理想又差那么一点。在我的眼中，差的这一点，就是命运。

当朴树唱出这句话的时候，他早就清楚了生命的本质是怎么一回事。

他不想去费力解释什么。他学会了接纳自己。

接纳自己原本的样子，就是爱惜自己独有命运的开始。

命运是个大词，大到一切事情都可以推诿给它。

但究竟是奋起一跃，还是怯懦顺从，这是重要的。

当然，去费力解释什么，那不是朴树的风格。

人间不责备

我在十几年前认识他，他多数时候沉默寡言，只在特定的环境或者相熟的人面前，他的紧张才被允许丢去了一边。他很会开玩笑，也肯放下骄傲。

生性敏感的人，喜欢审慎地浸泡在自己的世界里。陷入自省，反复审判。
你们理不理解我没关系，我只需要对自己保持耐心。
这看上去很酷。
事实上，他后来大概也被这种硬来的酷给灼伤了。终归是年轻，他离真正的酷还有一点距离。

与世界保持有效的距离，陷入完全的自我，对一个艺术家来说，这看上去很完美。可事实上，过多地把自己交给自己，带来的是一种狭隘的对完美的过度追求。
因为有了足够大的自我审判的空间和时间，这个空间越大，你在里面待着就越显得微小与不足。冲突重重。也有可能最后你被吞吃。
他自己也说，我从来不知道什么是松弛，它从来没有发生过，我想要。

明知世间没有完美的造物，却还孤注一掷地追寻，这分明就是自讨苦吃。
可对于想要认真活着的人，有些苦，免不了要吃的。

因为意识和审美的标准过高，无论再怎么苦心创造，总是觉得不够好。
这个不够好里面，包含了生命以及生活的所有部分。
可能是写不出满意的作品，也可能是不够松弛洒脱的性格。无法与内心相合的情感。一个失误的玩笑。一次糟糕的旅行。一场自我对话。对猫狗的一次不够耐心。那个标准渗透到了你能感受的所有部分，做漂亮了会有一点满意，但凡出现漏洞，就会十分苛责。

自从我们把人生想象得完美，我们就开始变得很糟。
追求完美的人，对自己充满了检讨。
循环反复，于是绝望。
《圣经》上说，知识加增的，忧伤必加增。
无知的人比较容易快乐。

[3]

但是绝望带来的，不是一味的负向。
绝望带来痛苦，痛苦生发智慧，智慧抵达平静。

我们很久没有见面了，约了几次，总被一些事情耽搁。
我猜想，他是不想被交际占用自己过多的时间。
这些年，他制心一处，专注音乐，用心修行。去寻找更高的智慧，消解满身的疑惑，这是一个追求高质量生命的人必然的道路。

聪明都是依靠着聪明过活，有着辗转腾挪的本领。
追求智慧的人不一样，容易较劲，陷在精神的泥沼出不来。一旦出来，便是升腾。

因为与本质靠得近。

执着探究本质的人，是很难不绝望的。既想爱惜自己的羽毛，又无法不抖动它们飞去更高的天空。飞翔之中，有折损，有脱落，冲撞之下，涌动成灾。

长此以往，形成命运，却始终不得其法。

我更是笨拙，受困于这种消耗许多年。

我问他，你怎么处理内心的涌动？

他闷了半天，回了一句，我也在找方法。

在还有同类的慰藉之中，绝望并没有让大家丧失秩序，反倒变成一种渴求。一路升格，一路探寻，探寻着那根能跟自己接通的天线。

后来的某天，我听到他终于放声高唱：昨天一笔勾销，明天都尽管来吧，自然得像植物，天真得像动物。

我知道，他的探寻没有白费。他找到了某根打开自己的天线。

创作的人都是在修行，在修行中寻找自己的故乡。

抵抗命运的下场，无不是一场灾难。只有学会对自己独有的命运认账，认账才会心安。让那种秩序成为你的中心，否则所有的求索，根本毫无指望。

我还喜欢科恩，一个终生带着绝望气质的人。

他去世那天，我写下这么一段话——"我不是悲观主义者，悲观主义者会等待下雨，而我早已浑身湿透。"

科恩的这句话让我觉得，这样孤独的一个灵魂，在世间拉拉扯扯了八十二年，都太久了。

过早把本质看透的人，再怎么为生活找寻确据，还是带着绝望的气质。

绝望与希望遥遥相对，如同河岸的对面就站着你的爱人。

如何横渡过去，与你所渴求的拥抱，这需要花费一些时间，经历一些绝望，也需要死磕的精神才能获得。

[4]

终于，他开始练瑜伽，最传统的。

专注呼吸，与它们融为一体。

他对曾经矛盾重重以及混乱的自己挥手作别。他似乎对自己满意了许多。

你看，后来他在演唱会上戏谑自己说，从前我是看上去很酷，但是现在，我真的很酷。

很多事情就像去流浪，当你决定出发的时候，最困难的部分已经完成了。

那说明你做好了承担的准备，途中的未知与艰险，你不再臆测与躲藏。

你不再压抑自我。你愿意尝试走上一条新路。像一个探险者那样。

他似乎对自己越来越有信心。

既然曾经消灭过体内的一些不好的部分，那么再来的，就还会有办法消灭。

在他蜕变成现在之前，他和许多在岁月中翻山越岭的人一样，对自己充满了厌恶。

他对此充满警觉。

他说，我是你们看到的那个人吗？单纯的，善良的，孩子似的，害羞的……我的心里也有欲望，有各式各样的黑暗。我曾努力地掩饰它们，也曾经戴着面具取悦他人，获得肯定。我厌恶他。

十几年前的某天深夜，朴树在樟木的一家小旅馆，深夜被惊醒，看到窗外挂着一颗硕大苍白的半月，月光下是望不到尽头的山的剪影。他说那是他长大后，第一次因为孤独感到了害怕。

而没被检验之前，他还远远不了解自己，他以为自己会乐此不疲地以孤独为荣。

那些因专注自我而忘记了时间的人，都喜欢待在自己的内心，耐心地等待自己长大。

等到该变的时候，自然就变了。

终于，当他尝试去看那些黑暗，接受自己，光亮如期而至。

他找到了自己的人生密码。

那些光，在黑暗中驱动着他的人生。即便日后不能彻底脱离，但远远比只待在黑暗中更有价值。

大自然是平等的。白昼长了，黑夜就短了。

你的心安静了，混乱也就因为无处安放识趣地跑开了。

他说，如今我的一切都日趋平稳，那个浑蛋也渐渐安静下来。有时我觉得它已经离开。也许只是和我一样，变老了。

他说，我的确是个少年，在我心里，天真热情还没有泯灭。可是我心里的另一部分已经好老好老，它们好像已经沉睡了上千年。

他正试图把它们唤醒。

[5]

城市的上空，理想主义的北风吹来吹去，每个人都是自我命运的过客。

无论这个突然造访的命运美丽还是平凡，沸腾还是不安，更好或者更烂，如朴树所唱，向前走，就这么走。

一个人留下的痕迹，若能被人纪念就是永恒。

学会维护自我的不同，但也不用它来砍杀一切。悲歌欢唱，每个方向都能接近真理。

你所抵达之处，就是你的命运最好的归向。

这一点，不需要自我怀疑，也无须向他人解释。

摇滚没有终结，
玫瑰没有眼泪

—— 致张炬和张永光

什么是生活？

生活，就是在你的生命中，无论发生了多么残酷而情分丧尽的事情，你都得不动声色地走下去。

好比面对死亡，无论我们多么痛彻心扉，从来都只能束手无策。

炬和永光，分别意味着光明，他们却过早燃尽了自己。

没能熬过人生的四季，就提前凋零了。

但是我相信，在爱他们的人心中，永远会为他们留一个春天，永远百花盛开，永远如约而来。

[1]

炬和永光，是摇滚音乐人张炬和鼓三儿张永光。

再写他们，是因为老狼在《我是歌手》总决赛上，召集了一帮当年经典的摇滚音乐人重新聚首，唱了《礼物》这首歌。

他们人到中年，身材不如当年健硕，嗓音也不比当初清亮。可令人感动的是，在各自经历了更多世事与冷暖后的这次重聚，比赛早就不重要了，重要的是对一个纯粹的时代，以及那个时代中纯粹的人，一次集体的追忆。

时间往前追溯。

十四年前，许巍、汪峰、张楚以及更多摇滚音乐人，用了不到一个月的时间，录下了一首《礼物》，以此纪念张炬逝世十周年。

那个视频我看过很多次，热血沸腾。

我看到尚还年轻的摇滚青年为爱歌唱，看到那个不可一世的鼓王，在里面敲打着强劲的鼓点。意气风发。令人恍惚的是，九年之后，为纪念别人而奉献音乐的鼓三儿，竟也成了被我们纪念的人。

世事之无常，说不出的悲怆。

　　　　　　　　　　　　　　　　人间不责备

看看时间，凌晨一点。

我放弃了给姜昕打个电话的念头。

倒了杯烈酒。

独乐不如众乐，但疼痛这件事，还是不要牵扯太多人的好。

夜深成一个黑洞，就着一杯伏特加，我独自一人，在那个洞里沉潜了好久。

次日中午，骄阳之下，我跟姜昕通了电话。

没说几句我就脆弱了。有点突然，有点像个对死亡还很陌生的孩子。

我想跟姜昕说，说我看那个视频，三哥还那么年轻，那么有激情，他本来是缅怀别人，怎么突然他就被人缅怀了……

但刚开口，我就哽咽了。

姜昕明白我，安慰我说，宝贝别哭了，对于逝去的人我们无能为力，我们只能去把握现在还能感受的美好。

提前经过黑夜的人，比我强大。

[2]

姜昕和三哥，可以说，是我的青春里对我影响较大的人。

大概二〇〇二年吧，我还年轻到价值观尚未成形，因为志趣相投，和姜昕一见如故，交成好友。当时她正和三哥恋爱。可以说，他们见证了我的成长，我见证了他们的爱情。从开始到结局。

三哥比姜昕年纪大一些，姜昕比我年纪大一些，但回忆起来，那时候我们都是年轻人。年轻得像是春天的风，只想为美好负责，从来不去想未来会发生什么。

就那样裹挟着美好往前走，不用费力也无须讨好什么地高兴着。

那时候他们住鼓楼，我住雍和宫，离得近，就总是在一起。

三哥是个非常热情的人。常常有朋友到他家，一聊就是夜暮清晨，晚了他就执意挽留，别走了，就在这睡吧。

他家的那张蓝色大沙发，收留过许多人。对那个沙发的质地和气味，至今我都记得清楚。

那时候一起玩的，基本都是些摇滚圈的典型性人物。

一个美好小分队，在自己的舞台，演着自己的戏，不需要与外部世界有太多的交叉。

世界的功能对我们来说非常有限。

饿了出去吃饭，之后买些烟酒零食带回家。他们家，常年亮着几盏昏黄的小灯，常年走动着一帮音乐圈儿的朋友，自给自足着。精神的营养，够我们用了。

三哥有他自己的朋友圈子，他喜欢跟那些更老的摇滚音乐人在一起。他们还喜欢聊些政治、战争、男人之间的话题。我和姜昕不爱听，就单独出去玩。

我们一起吃饭、游泳、织围巾、写小说。看看演出，见见朋友。

那时候我们经常在雍和大厦游泳。游完泳出来，我俩就坐在安定河边，吹着夏天的风，听姜昕给我讲他们早期摇滚圈儿的一些事儿。他们的纯粹，他们的爱情，他们的青春岁月。

回避不了地，就会讲到三哥。

姜昕说三哥跟她之前交过的所有男朋友都不一样，他没有大长头发，热爱生活，也不要求她洗衣做饭生孩子。只有一点是严肃的，他不止一次地跟姜昕说，我希望你能做好音乐，做好你自己。

事实上，我看到的也是这样。

三哥心细，也较真儿。在音乐上对姜昕形同师长，生活中，他像是个操心的父亲。

走在路上有个水坑，他会提醒姜昕，姜昕吃饭太快了，他也会提醒姜昕。他们去郊外，姜昕喜欢河对岸的花，为了不弄湿她的鞋，三哥会背着她蹚过那条河。年过半百的两个人，依然会为采一朵花去认真地浪漫。

我看到他们的类似细节，数不胜数，并常常为他们的日常浪漫感动。我说，你们俩的爱情，是我的终极理想，是我的梦。

日子一晃，十几年就过去了。回想起来，那些年月，是我截至目前的人生中，比较快乐的年月。

他们后来搬到顺义，我们之间的走动不再那么频繁，但也比一般朋友要频繁得多。

搬到顺义的他们，似乎更享受生活。一座带花园的房子。花园里有玉兰和丁香。两只肥猫为伴。房间里到处都是软软的毯子和垫子，依然常年亮着几盏昏黄的灯。一切都是温暖的味道。

我一去，就赖着不想走，饿了在他们家吃，困了在他们家睡。

我和姜昕比较随意，没什么顾忌。三哥是个讲究的人，总觉得我年纪小，会特意照顾我，有时客气得让我不适应。
这样有营养的友情以及浪漫的生活方式，在这个时代，我觉得是极大的富足。

这种浪漫，直到一个早晨，从我接到一条微信开始，一切戛然结束。
在所有那些我以他们为爱情榜样的日子里，从来没有想象过，有一天，我的梦是以这样的方式碎掉的。

我永远都会记得那个早晨。平安夜次日的那个早晨。
大概十点多钟，我正准备出门，突然收到张楚的微信。
他问我：姜昕怎么样？
我以为只是张楚的日常问候，也只是日常地回了一句：她很好呀，深居简出，比我们都逍遥呢。
然后张楚的回复，让我完全蒙了。
内容只有五个字：三哥去世了。

我不相信。我是不可能相信的。
我不知道该怎么形容那一刻的感受。
我开始在房间里打转，因为过度的冲击导致大脑一片空白。等我慢慢恢复知觉，身体里有一股强烈的内力在排斥这个消息。
我开始拨打姜昕的电话，没人接。这种联系的断裂，加上跟其他几个朋友确认，让我开始恐慌，这也许是真的了。

可是怎么可能？凭什么？为什么？成千上万个问号，把我的脑子糊成了
一团。

就在几天前，我们还在一起吃饭，是三哥特意为我安排的一个局。

热心的三哥想要介绍我和一个音乐人认识，特意去城里接了我，特意定
了餐厅，不吃海鲜的他还特意定了螃蟹。搞得很隆重的样子，一点都不
摇滚。

吃完饭，他张罗着去他家喝酒。一如往常地热情，拿出珍藏的红酒让我
们品尝。

一会儿又去调试灯光，问我们是这样好些，还是那样好些。他永远热情
地张罗着一切，有着大人的温暖又像个保持好奇的孩子。聊到夜深，他
又开车送我返回城里，一直送我到家门口。

我下车后和他挥手作别，却没想到那是我见三哥的最后一眼。

这样一个热情又热腾腾的生命，突然就告诉你没了，谁能接受？

[3]

下午，我和张楚赶到姜昕家里的时候，房间里挤满了人。

我进门就问，什么原因？

姜昕说，抑郁症。

我一下子瘫在了椅子上。

如果不是三哥决绝，那么只能说抑郁症是个魔鬼。

姜昕不过出门两小时的时间，再回到家，与三哥已是阴阳两隔。

二〇一四年的平安夜，我们所有人体验了前所未有的不平安。

我尚且还未经历过人生大的苦难，对于过度残忍的事情，我不愿相信也无法接受。

然而这就是生活。

美好是真的，残酷也是真的。我们在两者之间目瞪口呆，从前无能为力，往后也同样无能为力。

三哥遗体告别那天，我哭到完全失控。

火化前，我俯到棺材前去看三哥，很想看看他最后的样子，可怎么都看不清楚。眼泪一直糊住眼睛，我拼命地擦，怎么都擦不尽。

三哥即将被推进火化炉时，所有的亲人朋友跟他做最后的告别，泣声一片。而这之中，即便大家早已学会了克制，但还是有一些老的摇滚人，在三哥推进火化炉的那一瞬间，情绪失控，捶胸顿足，高声叫着三哥的名字。

而对于还没有真正见识过生死的、敏感又脆弱的我，在那一刻感觉身体在摇晃。张楚站在旁边扶住了我，似乎是安慰我，也安慰自己地说了一句话。他说，我没有因此而恐惧，反而更加认识了什么是生活。

什么是生活？

生活，就是在你的生命中，无论发生了多么残酷而情分丧尽的事情，你都得不动声色地活下去。

姜昕在她的小说《长发飞扬的日子》里，详细地写过张炬去世的情境。
看得我阵阵战栗。

她当时经历的场景与感受，与十年后我经历三哥去世时的场景与感受，
那么地相似。

人间无事不是一个轮回。

这是姜昕在书中的一段原文。

> 炬炬被两个面无表情的人推向了那个冰冷的地方——太平间，所有
> 的人都固执地跟随着，那条长长的晦暗的走廊，成了他爱着也深爱
> 着他的人们陪伴他一起走过的最后一段路……
>
> 走廊的尽头要经过一小段露天，才能到达炬炬将被送去的地方，走
> 在前边的是炬炬生前的几个最好的朋友，丁武、郭大炜、大坏、冲
> 冲……纷纷脱掉外衣为他遮雨，雨没能打湿他，可是眼泪却更加稠
> 密地滚落下来。在他们心中，那一刻将要面对的，该是怎样撕扯人
> 心的别离啊……
>
> 看不见炬炬了，人群却仍不肯散去，大家不管不顾守候着。那是周
> 末里一个丧失欢笑的聚会，生命里一个另一样的不眠长夜。

一九九五年的他们，像曾经青春里的我们一样年轻。难以想象这群纯粹
的热爱着音乐的人，黑夜白昼玩在一起的人，还不太懂得怎样去释怀死
亡的人，是如何承受这样突如其来的噩耗。

当时大家正在一起喝酒，只是因为张炬中途要去给女友璐璐送一个礼物，却遭遇车祸，就此一别，阴阳两隔。

被留在世上的人，经年不能回神。

时间来不及更久，我就从一个听着死亡故事的人，变成了一个经历死亡故事的人。

这种轮回，让人心头发狠。

张炬之前说，掌纹烙着宿命。不能释怀的事，大抵，也只好归为宿命。

又是一年新春。

回忆起这些的我和姜昕，在春天的骄阳之下，硬着头皮相互鼓励，彼此慰藉。

阳光还照耀着我们，我们还能感知春天的花开，听起来是种幸运，可是作为深爱着逝者的人，会怎样地卡在悲伤与美好交互的命运之网中，有多少时刻，我们都因为无力而动弹不得。

那一次，我们的叹息与沉默，比任何一次都要多。

不知道说什么。不知道还能说什么。

说什么都消解不了无力感。

面对死亡，无论我们多么痛彻心扉，从来都只能束手无策。

[5]

只要摇滚乐还活着，张炬这个名字都无法不被纪念。

只要摇滚乐还活着，张永光这个名字都无法不被纪念。

两个同是张姓之人，两个为世人留下音乐光亮的摇滚英雄，似乎完成了各自的使命，分别以不同的方式与我们做了告别。他们的音乐，留在了永恒之中。

两个时代的两个摇滚英雄的陨落，一个因为意外的车祸，一个因为不堪人间油腻，形式不同，但结局的殊途同归，给与之相关的人，带来了难以释怀的影响与思念。

三哥这种主动的谢幕方式，让人更加心痛。

三哥去世后，有个媒体到我家采访，想要从朋友的角度，了解一些他生前的事情。

交流并不平静。

结尾时我说："这些艺术家，他们最终走向毁灭，不完全是负向的。只有他们自己清楚自己内心的激情与丰盛，而现实对他们误解得一塌糊涂，油腻的人间解决不了他们的纯粹和清洁。彻骨地孤独，只能选择离开。"

这种对毁灭的迷恋，从某种角度上说，其实是对尊严的保全。

我当然不是鼓励毁灭，我理解任何一种生命的选择。

我当然是鼓励活，要好好地活，真实地活，丰盛地活。无论发生了什么，这世界总有值得我们活下去的理由。

死是终会到来的盛宴，这件事上，不必急于求成。

斯人已逝，精神永恒。

时间留下了美丽和一片狼藉，庆幸我们还有爱有梦，还有能力回忆和感动。

那天和姜昕通话的最后，她说她刚才读到一句话——我要忘记曾经枝繁叶茂的自己，就像忘记你。

不是真的忘记，是选择把它们放在心底的某处，细心封存。在前行的路上，想念之时，取出来想一想，念一念，当作永恒的陪伴。

听姜昕说，张炬生前最喜欢Bon Jovi（邦·乔维）的那首*Never Say Goodbye*（《永远不说再见》），每次听，他至少要放十遍。

别人问为什么，他说，他喜欢歌词里那句，永远不说再见。

嗯，我们的摇滚英雄们，永远不说再见。

永远不说再见，只是换一种方式感念。

姜 昕，
一 个 纯 粹 的 嬉 皮 士 女 孩

她经历跟窦唯分手的时候哭过，经历张炬的死亡时哭过，经历家庭变故的时候哭过。

再到后来，时间一路飞驰，她就变成了那个在爱人火化的当天，隐忍不发，拥抱我安慰我说，一个故事结束了，另一个故事又要开始了的，笃定的姜昕。

此时，我坐在姜昕的院子。

一个桌子的两边，放着两杯咖啡。她抱着吉他，我面前是一台电脑。

我们用我们自己的语言，说着十几年也没说尽的话。

她的院子，有玉兰、丁香，以及触手可及的矮矮的樱桃树。

院子被一圈木栅栏包围着。给栅栏刷颜色时，她让我帮着参谋，我们一致选了天空蓝，效果出来是大海蓝。

都好。天空和大海，都是我们喜欢的宽广。

院子的对面有个秋千，有时我在院子里喝咖啡，她抱着猫去秋千上晃荡。

特立独行，离经叛道。和所有的嬉皮士一样，姜昕也实在是个不怎么顾及旁人眼光的人。她只爱自己的自在。

经常她就在院子里抱着琴大声唱起歌来，就像那就是她的舞台。经过的邻居们，大概也习惯了有这么一个女孩，彼此报以微笑，姜昕也略作收敛，过不了一会儿，就又忘情地唱起来。

每次我们待在那个场景里，都会觉得，有这样幽静的天地，有花有树有月光，还有音乐与诗歌，才是生活该有的样子。

从十八年前，到十八年后，我们经历了变故，改变了样貌，从那时的年轻战士，变成后来生活的勇士。唯有一点，对于美好的追求，我们从未变过。

在一路鲜花荆棘中，我们不再依赖世界与他人，我们和我们的同类，建立自己的乌托邦，当作送给我们自己的乐园。

[1]

姜昕恐怕是朋友当中，我写过最多的一个了。

因为太熟悉了，熟悉到没有什么不可以分享，熟悉到很久不见，和每天见面，不再有太大的区别。

我们有着同样的爱好，我们对精神生活绝不将就。我们都被人称为文艺青年。

对于文艺青年这个标签，我是中立的，没有喜欢，也没有不喜欢。只是由于伪文艺的泛滥，这个称呼被拖得低劣了些，以致社会对这个群体的认知，也出现了较大的偏差。

在我心中，真正的文艺青年，是纯粹的，有创造力的，心无旁骛的。它是一种对自我和艺术的忠诚。

这种忠诚不是儿戏，它是非常严肃的。你生命中的一切选择，都将给它让路。

它是生命中的一种热爱，不死的英雄，不熄的火焰，一种信仰般的支撑，永远不会因为外界的评判被轻易撼动。即使是被现实一次次折损，依然保持对美好的深信不疑。

真正的艺术家应有的品格，是创造而不是摧毁，是智慧而不是聒噪，是自尊而不是轻贱，是悲悯而不是狂妄。我和我热爱的艺术家朋友们，一路创造也一路爱着，永远不会停下脚步。

姜昕在歌里唱：已经决定好了，做个做梦的人。

我们都是爱做梦的人，也是过于天真的人。面对现实污浊，我们常常瞠目结舌又无能为力。

但是没有办法，我们只能做我们自己。人不能妄想成为自己成为不了的那种人。

但我并不觉得天真是有错的。

如果没有极度的天真与美好作底，经历了七七八八的破碎与不堪，人早就浊了。

[2]

真与美是一体。

因为对于真与美的追求一致，我和姜昕做了十几年的朋友。十几年里，各自成长，变化，但我写的每一个阶段的她，都是真实的她。

追求真实，这是我们的内核，本质。

有时看到网上关于她的传言，自我臆想的测度，我每次看到，一着急，就说，我帮你写。

姜昕心态好，说，不用理他们，对错又有什么呢，我只想过好我的生活。

不问世事，置之度外，内心笃定，永远乐观。在这一点上，是我最佩服姜昕的。

生而为人，冷暖交织，谁也没有绝对的强大。

在她的歌《那个简·奥斯汀》里，她写道：其实我并不是你以为的那么坚强，其实我只不过是不会让悲伤折断我的翅膀……

这种坚定，是天生的禀赋，也是后天的修炼，以至无论被现实如何臆测，也不会放火把内心的花园烧个精光。

既然选择了一条不苟同大众的窄路来走，自然要有承担风险与流言的能力。

简·奥斯汀也自嘲过，说，人生在世，要不是让人家开开玩笑，回头来又取笑取笑别人，那还有什么意思？

她还有首歌叫《我不是随便的花朵》。我特别明白她想表达的是什么。

就像她歌里写的：就算心里的梦永远不能实现，希望我是特别的，拥有神奇的力量……

人生如大海，起起落落，既然来世间一遭，就要成为自己的英雄，开成自己最爱的那枝花朵。摇曳在春风里，暖阳下，骄傲地挂在枝头，即使无人欣赏，也要香气迷人。

不确定的存在反倒是辛苦的。

像在寒风中摇晃的枯枝，随时都有断裂的可能。

[3]

姜昕的小说《长发飞扬的日子》再版，责编是我的老朋友，邀请我随便写一写姜昕。

关于她生命的每个阶段和重要节点，我都深谙内情。

当年她写这本小说的时候，我正在写《别了，我的文艺女青年》。进度都不快，因为不是用技术书写，我们都走了心。

那其中承载着我们生命的历程与思考，真实又浓烈。需要把它们认真回忆并表达出来时，都像是撕了痂的伤口，又露出新的血肉。

那时候我们相互监督。约在护城河边的咖啡馆写，她又约我住到她家写，并放言说，到年底谁写不完，就得挨对方一个大嘴巴。

良师益友的营养，无非是相互鼓励，彼此照见，以便帮对方变成那个更高版本的自己。

所以到后来，我们也不约而同地过滤了一些不痛不痒的朋友，坚持只与一些有营养的朋友往来。

就她这本书来说，姜昕参与并见证了中国摇滚乐从灿烂到寥落的十年，无疑，在中国摇滚女歌手里，姜昕大概是相当有话语权来谈这件事的。

她不仅是演出舞台和摇滚历程的见证者，也是渗透到细节和纹路的参与者。

她在最叛逆的青春期遇到了那帮人，于是一群志同道合的年轻人走到一起，音乐和爱情构成了他们的全部，疯狂又天真。

那个时代，是最干净的一个摇滚时代。

遗憾的是，时代在更新，不知道这些年是怎么转换的，那个令人热血沸腾的摇滚时代，忽然就转向了寂落。即便可能再次复兴，也没法再和那个时代的纯粹相比了。

幸运的是，姜昕把那个时代记录下来了。

否则许多人很难想象，那些伟大的摇滚偶像，是那样地爱过疯狂过。

姜昕记录的不仅是自己，她记录的是一个时代的青春。她把那些夹在骨头缝里的故事，都取出来分享了。

活着是为了讲述。活着是为了体验爱，记住爱。

在此刻的这个院子里，她又跟我讲起那些人那些事。

有些故事十年都还没有讲完，而她每次讲起，都像个虔诚的教徒一样，眼睛里闪着光，把心中永远的青春和不灭的理想，确认了一次又一次。

[4]

这一路经历过的人事，是她爱过的证据。无论结果如何，过程都切实美好。

这之中，当然包括窦唯。

这些年关于姜昕的许多报道里，都始终把她跟两个名字联系在一起，就是窦唯和王菲。

那些故事在网上随处可见，她在书里也有写。我不重复。

我只想说，我亲耳听到，以及亲眼看到的姜昕。

年轻时爱一个人固然深切。她和窦唯在最好的年华相爱，两个嬉皮士一样的摇滚青年，灵魂相合，轰轰烈烈。

最终确认自己的爱情遭遇了背叛之时，她说你知道吗？我把自己在房间里关了三天，不吃不喝，瘦了八斤。

每个人都有过被爱情扒掉一层皮的经历，但姜昕有我少见的坚强。

当时窦唯在两人之间难以取舍，然而姜昕裹着那层被扒下的皮，断然放手。

她说，我不想被人当成一件物品被选择，无论你有多大的才华和名气，在我眼中，爱情就应该是唯一的。

一直到现在，外界说起她，都依然没能逃脱与窦唯关联的命运。

但那已经是别人眼中的世界了。

她早就释怀了。

有一天她整理衣服，看到当年窦唯送她的一条牛仔裤，现在都还完好无损，和新的一样。

她觉得挺荒诞的。说，你看，爱情还没有一条牛仔裤的寿命长。

后来她遇到鼓三儿张永光，进入婚姻，总算是踏实了一些年月。

直到十二年后，三哥以那样的方式与我们告别。

当时身边所有朋友的崩溃，更加映衬出了姜昕的平静。可是外界不明所以的人，对姜昕的传奇经历，赋予了自以为是的悲情。

有天我看到一篇文章在写，姜昕经历了和窦唯这样的音乐大神的分手，以及鼓三儿这样的摇滚鼓王离世，说她命苦，半生为情所困，是一朵伤情的摇滚玫瑰，等等。

谢谢你们，她真不是。

她跟窦唯分手的时候哭过，经历张炬死亡时哭过，经历家庭变故时哭过。再到后来，时间一路飞驰，她就变成了那个在爱人火化的当天，隐忍不发，拥抱我安慰我说，一个故事结束了，另一个故事又要开始了的姜昕。

如果她脆弱，身边的朋友都会一直陪伴她。

但是她没有，她是反过来安慰朋友的，那个依然喜欢童话和向阳花的女孩。

[5]

现在的她过得自在。

隐居郊外，沉迷书和音乐，两只肥猫为伴。

经历了生离也经历了死别的她，早就到了没有爱情也不会变成孤岛的境界。

她只想为自己的爱和快乐而活。

并且我看到的她，是真的快乐。

比我们许多人都快乐。

她彻底找到了自己的生命秩序。

她把一个人的世界修饰得丰富。

窗台上立着风车，院子里挂着风铃，房间里养着仙人掌，连房顶的灯，都是星空的样子。

她偶尔感伤，也只是在看着朝霞满天的某一刻，感怀逝去的爱人，再也不能看到这个美丽世界了。而这个美丽世界，她也看不了太久了。

她从不沉溺悲伤，却会为美好流泪。

去年，她写新歌《重生》，有点纠结，让我帮她改一改。

她的表达，一如既往地美好。她在主歌中写：理想不哭泣，美不会叹息，那所有的热爱怎能忘记。因为它们能在苦难中升华，因为它们从来不会被吓坏……

因为足够的了解和熟悉，我在副歌部分做了补充，我写道："它们是疼痛过后，柔软依旧，依然在阳光下歌唱。它们是一路荆棘，从容不语，在百花盛开的原野上穿行……"

她在我心中，是闭上眼就会看到的那个在阳光下放声歌唱的女孩，在有百花也有荆棘的原野中，从容穿行的长发飞扬的女孩。

还有一次，我们一同去娄烨导演的剧组。娄导喜欢她早期的《夜》那首歌，让她在电影里出演歌手，并演唱了那首歌。

收工已是凌晨，索性我们也不打算睡觉了。途中买了啤酒和小龙虾，回到酒店，靠着阳台，席地而坐，又一次聊到了朝霞破天而出。

破晓之时，在酒精作用和朝霞的万丈光芒下，我说，我好像看到了海市蜃楼。

恍惚之中，姜昕在旁边说了句：所有的一切，是真也是梦。

在我了解她的许多事情上，她总能做到及时止损，阔步向前。

我觉得她有一种看透本质的天赋，一旦认清真相，绝不拖泥带水。而是转头向上，获取新生。

也许，这就是她看上去不会变老的秘密吧。

马尔克斯的《活着为了讲述》的书封上，写了这么一句话："我年轻过，落魄过，幸福过，我对生活一往情深。"

无疑姜昕也是。我们身边很多的朋友都是，对生活保持一往情深，从不当作儿戏，这是我们存在的价值与追寻。无意义人生的唯一意义，不过如此。

一个纯粹的嬉皮士女孩，不断地经历，不断地重生。

即便最后只剩下了她一个人的旅途，她也不会忘记欢喜与微笑。

在这一点上，我甚至认为，她是一个非常特别的女性榜样。

真的。

每个人都是小白鼠，
只是有人还不知道

在人生这场实验中，你得自己去呼吸，自己去欢笑，自己去爱。

自己去吃一个坏掉的苹果，自己去流泪，自己去受苦，去忍受病痛。

谁都无法替代你去感受，痛苦和幸福都是你自己的。

还有死亡，每个人也都得自己面对。

人间不责备

每个人都是小白鼠，只是有人还不知道。

这句话，是朴树告诉我的。

或许他只是凭借累积的智慧轻轻一说，但他不知道的是，无论在我遭遇脆弱的那个当下，还是后来的许多时日，这句话，都给了我不一样的宽广和力量。

生命是一连串的战争，我们学习隐忍的同时，也总有疑难发生。

我的崩溃，是在鼓三儿火化的当天晚上。

那天葬礼结束，人群四散。我和张楚陪着姜昕，把三哥的骨灰盒带回家。

桌子的中央，摆放着还有温热的骨灰盒。我们三个，分别坐在三边的沙发上。

无话。

大段的沉默过后，姜昕放了一首歌，是三哥生前最喜欢的，Sting（斯汀）的*Fields of Gold*（《金色麦田》）。

音乐一遍又一遍地循环，三哥生前的一幕一幕也在我们的脑中循环。

一个热腾腾的生命，转瞬就成了一把冷寂的清灰，这种生死的快速切换，让我们丧失了权利发言，更没有能力揭开这个谜底。

音乐循环了一下午，我们谁都没有开口说话。

只是眼中闪着泪。

直到傍晚，张楚开口说话。他说，我约了事情，必须要走了。

我搭乘他的车过来的，所以要和他一起回城。一路上，我们也没有说话。

车里播放的是交响乐，宏大壮烈，就那样轰然地响着，犹如命运之声。

我怔怔地望着前方，觉得天象异常。

那天的黄昏，云朵稠密，色彩浓烈，把天空压得很低。似乎一不留神，云彩就会飞进我们飞驰的车子里面来。

回家之后，由于悲痛，我显得丧失了秩序。

世事颠簸，有些突如其来的打击，会让自己一并都站到了悬崖边上，恍恍惚惚，摇摇晃晃。

一时站立不稳，这时就需要一种力量，从精神上稳固我们的摇晃。

生命究竟是怎么一回事？我想不通。

我想知道答案。即便我明知没有标准答案，但起码有人从思考上做些分担和梳理，也比一个人带着问号沉入海底的好。

当下，我把这个关于生命的巨大疑难，发送给了朴树。

很多时候，我习惯了自己思考，自己解决问题。然而总有超出精神负荷的时刻，那时的我，急于得到一个像样的安慰。

这些年，朴树专注音乐，定心修行，我对他搅扰不多。但在关键时刻，他从没有辜负过我的信任。这一点上，我很感激。

果不其然，他没有任何多余的安慰，只回了一句话给我。

他回给我的那句话，让我即刻消解了多数的疑问与悲伤，受用至今。

他说，每个人都是小白鼠，只是有人还不知道。

一句就够了。

我讨厌那些苍白空洞的安慰，黏黏糊糊的指挥。都会过去的，总会好的……这是多数的人们习惯的语言，可是于我毫无用处。并且人在陷入某种情绪时，越是啰啰唆唆指手画脚，效果越是适得其反。

智慧之人，总可以把问题看得透彻，总能用最凝练的思想，一下戳到问题的本质，开启你没有抵达过的思维界面，解决你绕着弯子思考了很久的问题。一语中的，意味深长，受用终生。

生活是起伏的曲线，思维也应当是流淌的河流。道理这东西，最终还是为实用服务的。

静下心来，我想，是啊，在人生这场实验中，每个人都不过是只小白鼠。

既然是实验，就会有成败，也有生死的风险。

在人间这场偌大的实验室中，每一个结果都是未知，每一次体验都要自己去感受。

你得自己去呼吸，自己去欢笑，自己去爱。

自己去品尝一个苹果，自己去流泪，自己去受苦，去忍受病痛。即便再疼爱你的人，都无法替代你去感受。

痛苦和幸福都是你自己的。

还有死亡，每个人也都得自己面对。

有些来自金字塔尖的智慧，一旦通达，内在的淤积就会被疏通。当你的思想开始流动，就会发现之前多年拉扯不清的执念，也许就是个根本的错误。

而这一切，都基于对生命这场谜的不了解。

后来的很多时日，无论欢喜还是悲伤，无论何种境遇，我都尽可能地警觉，自己不过是只还在实验过程中，尚未得出结论的小白鼠。

如今我仍然在学习勇敢，保持探索，怀揣着实验的心态，学习接受人生的无常。

尽可能地汲取能量，撑到最后，看看人生这个舞台上，究竟还会有多少好戏发生。

或许，还可以试试新的角色，新的活法。

我们都必须为生活进行各种尝试，爱自己的选择，珍惜每一次体验的时刻，以免虚度，防止堕落。

生命的大幕一闭，所有那些被错过的时刻，再想体验，都不会再有机会了。

置身于生活之中，我们必须要打一场漂亮的战争，

感谢上帝，我们谁也不能代替谁。

所有的一切，都只能自己去完成。

感谢上帝，这样才是好的。

正因如此，你才是这个世间独有的存在，万物不可替代。

那 些 黑 暗 中 的 人

与健康人相比，他们才更像是勇士。

手耳为生，磕磕绊绊，深一脚浅一脚，摸索着、探听着这个美好又遗憾的世界。

我忍不住思考，见识过这个世界的丑陋，与保留对世界的幻想，究竟哪一个更幸运呢？

确切来说,这个世上并不稀奇的苦难,我经历过一些。

但近距离接触盲人,是第一次。

第一次听他们开口唱歌,我完全失控地哭了。

"假如我能看得见,那片蔚蓝色的天,白云捏得软绵绵,像孩子的笑脸。假如我能看得见,围在妈妈的身边,一起动手做做饭,擦额头上的汗⋯⋯"完全的纯净,完全的天籁之声。

这些盲童用尽了全部想象,发出迫切想要看得见的希冀。包括世界,包括自己的妈妈长什么样子。如同一个纯净的梦,如同月亮在星辰之间旋转,没有止境。

[1]

在那趟缓慢的绿皮火车抵达目的地之前,我的想象力都还是贫乏的。

在此之前,我只是从作家海伦·凯勒的《假如给我三天光明》中,知道一点关于盲人的事情。至于在现实生活中,他们过着怎样的生活,有什么样的思想,我一无所知。

盛夏热得黏人,我和中社梦想成真爱心基金会的其他义工一起,夹杂在一群扛着尼龙袋的农民工之中,一路摇摇晃晃,晃到了河北邢台。

次日一早,一路驱车,抵达一个叫作平乡县东寨村的地方。

与出发之始的想象大不相同。

人间不责备

我以为，做志愿者，就是自己做好服务，而对于被服务的群体本身，我是模糊的。

然而，当我真正接触到了那群特殊的孩子，他们用自己的命运本身肢解命运，他们让我对过往命运的思考、认知以及骄傲，都变小了。小如一枚无用之物。

让我觉得，有时知识分子对命运的理论解构，都显得矫情晦涩，而又力量不足了。

我参与的这个爱心基金会有点特别，他们只帮助一些在艺术道路上有梦想而又无力追求的人圆梦，或者说，在梦想上为他们助力。即使绵薄，也是想让一些被忽略的群体，获得一些希望照进现实的可能性。

比如这次，我看到的这些盲童。

爱心基金会的志愿者，是以身为导演的雷老师为首的一群文艺工作者们。

我亲眼并持续地看到，这个团队无偿地、心无旁骛地，为这些孩子们做了多少事情。我为之感动，也必须颂扬。

给予爱这件事，从来不需要被任何东西分隔开，它只需要一个先决条件，就是要有爱。心中有爱，你才能做到它。

如果人对他人的命运，没有足够的善意与照料，我认为，这是人格的最大缺陷。

但是无私并持续地给予，这场战役并不好打。

悉心一想，而今许多事，哪样又不是一场战役呢？

[2]

十天行程，马不停蹄。酷暑与暴雨交替。

雷老师和团队几乎没怎么睡觉。因为即将带领合唱团去参加一个重要的演出，所以必须挨家挨户去接孩子们回校排练，而每个孩子的家又相隔甚远，期间遭遇了山里迷路，车遇积水。

环境艰苦不提，只是照顾这些盲童，就实在令人忧心。

合唱团有二十二个盲童，最小的只有九岁。多数家庭穷困，他们的父母基本靠务农或者打工生存。而志愿者们培养他们唱歌，初衷很简单，既想让他们有一技之长养活自己，也让更多有偏见的人知道，盲人不止有推拿按摩这一条路。

机会难得，雷老师为孩子们争取到了参加文化部主办的儿童合唱节的演出，于是志愿者团队不遗余力跑前跑后。其中有电影导演，专业音乐人，也有音乐学院毕业的研究生。我作为其中之一，尽着能力范围内的支持。

然而其中过程，令我震撼。

志愿者团队忙前忙后，跟演出方沟通，与校方协调，和孩子们交流，反复排练，购买各种出行必备品。

一些日常，就这样轻易地被一段文字描述掉了。但具体实施起来，每一件事，因为群体的特殊性，都变得异常艰难。

而我，第一次和他们近距离相处，见到他们的日常，了解他们的故事，看他们吃饭，走路，与人交流并自我照料，如鲠在喉。

用可怜这个词并不恰当，那么也是因为揪心，我第一天没能吃得下饭。

[3]

这些盲童们，多数时间是沉默的。

二十几人的合唱团，女生只有两个，小淳和苗苗。她俩经常手挽着手，安静地躲在一旁，有时会说些悄悄话。男孩子在一起会顽皮些，用他们的方式说笑打闹。

这些孩子多数十几岁，青春期，可是一点都不叛逆，很敏感，有礼貌，会对每一个帮助他们的人说谢谢。

他们异常团结与互助，走路都是手挽手，或者搭着肩。

他们做彼此的眼睛和拐杖。

第一天晚上，男孩子们在宿舍嬉笑打闹，苗苗还没到校，小淳性格内向，一个人安静地坐在黑暗中。

我挽着她到院子里，试图陪她做些什么。其实具体能做什么我也不知道，因为对于他们，灯是没有用处的，周围是我们明眼人全然无法习惯的漆黑一片。我只是想陪伴她。

我们俩很无措地站在院子里，突然小淳特别小声地跟我说了一句，她来了。

我说，谁？苗苗吗？那你快叫她。

当时，苗苗在十米开外的盲道上轻声经过，小淳就这样轻而易举地分辨出了她的脚步声。

我几乎是震惊地见识到，盲人的世界，除了摸索，是靠着怎样异常敏感的听力，在支撑着自己的全部世界。

这群孩子之中，小淳是我最喜欢的之一。

因为眼睛长瘤，不摘除就会扩散，为了保命，换了两只假的眼睛。

去家里接她，我见到她的第一眼就很喜欢她。长得秀气，人也安静、敏感、懂事。几乎不主动说话，问一句答一句。她妈妈说，因为看不到别人的表情，她怕说话出错，惹别人不高兴。

接她回校的路很长。她坐在我旁边，保持距离，一副谨慎的姿态。

我为了获取信任，试图跟她聊天，跟她描述世界的样子。

我说，现在天已经黑了，雨也停了，我们的车正走在乡间小路上，周围都是绿油油的玉米地……她安静地听着，认真地想象。

就这样一路摇晃，她一路对我慢慢信任。她累了，靠在我肩头睡了。

我望向窗外，风景并不特别，却觉得异常宝贵。都说上帝公平，可为什么偏偏要让一些人的世界彻底地黑暗，看一眼的机会都不给呢？

我喜欢的另外一个孩子，是男孩小俊。

他是合唱团里年纪最小、个头也最小的一个。因为发育问题，九岁了长得像是三岁。肉乎乎的，走起路来屁股一扭一扭的。一说话就笑，笑起来让人的心都化了。

团里所有人都爱护他。力气大的同学，喜欢把他一把拉过来抱在身上。

有天晨起，我去看他，他正在院子里认真地支起耳朵，听一只知了的叫声。老远地，我看着他就笑了，我说，小俊，你的裤子穿反了。

对于这些盲童，把衣服穿反是常有的事。他揪了揪不合体的裤子，不好意思地笑了。

我陪着他回宿舍换回来。想起日常，都是小小的他自己打理生活，洗衣，睡觉，相对城里被父母宠溺的孩子，这种命定的反差，谁也无能为力。

他们也都有自己的理想。

有的孩子说，我相信有一天我的眼睛会被治好，可以看到蓝天。

还有的孩子说，我希望能像阳光（盲人歌手）那样登上舞台。

我问小俊，你呢？你的愿望是什么？

他肉乎乎的小脸又笑开了花，说，拉单弦，打鼓。还有，我想知道妹妹长什么样子，我喜欢妹妹。

[4]

因为合唱节的演出在日照，有心的雷老师早早做了准备，安排带盲童们去听海。

是的，听海。

这对于长年小心挪动在家和学校两点一线的孩子们，甚至他们的老师和家长，都是不敢想象的事。所有人，都异常兴奋。

大海的声音扑面而来。

孩子们支起耳朵，牵起身边人的手，显得惊慌又兴奋。他们只是听说过大海这样一个名词，并不知道海是什么样子。

像是童年的海伦·凯勒，当老师在她的手心一次次地写下water这个词后，她牢牢地记住了。她后来回忆说，不知怎的，语言的秘密突然被揭开了，我终于知道，水就是流过我手心的一种液体。

有孩子特意带了录音机，把大海的声音录下来。

更多的孩子是捡贝壳，摸到什么都装袋子里。一些海草甚至垃圾，烂糟糟的，不像样子。可是他们固执地把那些东西收起来，说要留作纪念。

因为机会少之又少，他们用自己的方式跟大海做着交流，用自己的方式保存着对大海的记忆。

看着他们发自内心地开心，我心中感慨，让他们更多地去感触世界，理应是盲人人身权利的一部分。

晚上带他们去吃海鲜，一些贝类，他们抓起来就啃。我们剥出肉给他们吃，似乎他们并不享受，他们更在意把摸起来好玩的外壳收集起来，带回去留作纪念，或送给弟弟妹妹。

当天赶上苗苗生日，尽管她看不到，雷老师还是订了蓝色的生日蛋糕，是女孩子都喜欢的芭比娃娃的造型。我们把蛋糕的样子描述给她听，她开心得不知所措，说，我没有过过生日，今天我很开心，这是我收到过最好的礼物。

这听上去有点不可思议，但这就是事实。我在那几天里听说，有些盲童的家长，觉得残疾孩子不值得花费更多的时间和精力，只要活着，就可

　　　　　　　　　　　　　　　　　　人间不责备

以了。

所以与健康人相比，他们才更像是勇士。

手耳为生，磕磕绊绊，深一脚浅一脚。摸索着，探听着，这个美好又遗憾的世界。我忍不住思考，见识过这个世界的丑陋，和保留对世界的幻想，究竟哪一个更幸运呢？

我想起俞心樵的诗句：比起人类的痛苦，大海仍然是浅了一点。

[5]

终日漆黑的世界我难以想象，终日为黑暗执灯的人，我也忍不住好奇猜测。

于是一个故事的背后，牵连出另一些故事。

第一次看到校长，是他晚饭后在校园散步。

他拄着一根拐杖，闲庭信步，身姿挺拔，慈眉善目。是让人亲近的气质。全然没有盲人的卑微与弱势。

他很忙。一个盲人竟然很忙，这在我的世界里也是新鲜的。

他答应在晚上给我一点时间聊天。

那个晚上的交谈，我想我只是听到了全部故事的九牛一毛，但是内心的感动，难以言表。

如果人类的自我牺牲是无可抵挡的热情，那么总有一刻，人大概是等同于上帝的。

简短说，校长七岁因病失明，而后勤学各种技能，说书弹唱，推拿按摩，琴棋书画，无不精通。在四处卖艺的过程中，也经历了乞讨流浪，讥讽嘲笑。

结果是，他不仅很好地养活了自己，组建了家庭，培养了子女，并且经济收入绰绰有余。

然后，因为自己的不幸命运，曾经遭受的痛苦，他决定了自己一生要做的事。

十九年前，他办了这所盲人学校。

学校不仅完全免费，并且在没有老师愿意长年教学的情况下，他发动了自己家族的人，儿子、儿媳、女儿、女婿以及各种侄表晚辈，来照顾这些孩子的学习与生活。

学校成立之初，因为没有生源，他四方打听，亲自到孩子家里说服家长，却被家长赶了出来。那种愚昧是，被别人知道家里有个残疾人，是件丢人的事。

施与竟然还要恳求，这是时代的疾患。

但他决心已定，坚持寻找生源，坚持说服儿子放弃自己的理想，去考了特殊教育专业，坚持说服自己的家族后辈，来成就自己改变盲童命运的理想。

校长的子辈们都不是盲人，并且个个是大学生，年轻漂亮。最终因承父命，放下自己的梦想，回到了这个偏僻的村庄，来照顾一群盲童的吃喝拉撒。

日复一日的照料，实在是需要耐心，并且难以想象的。

起初有些孩子饭都不会吃，完全不能自理，是这些年轻漂亮的女老师们，教学，做饭，喂他们服药，清洗他们的假眼，以及清理孩子们床上的各种秽物。亲近，负责，耐心，视如己出。

如果说人的出生没有选择，是他们给了这些孩子第二次生命。

如果说世上没有伟大的人，我不知道他们该如何被形容。

学校已经开了十九年，校长也决定好了要做一辈子。

从盲校毕业的孩子已经三百多名。他们长大成人，学到了知识，找到了工作。

校长的信念没有被辜负。他说，我就是想让孩子们能有一技之长，不被别人看轻和抛弃。

伟大的人就在眼前。我的心，沉甸甸也湿漉漉的。

因为自己的命运曾遭不幸，然后带动整个家族，来扭转更多人的命运。

他自己失去了光明，却在奋力为更多人驱除黑暗。

这种信仰般的善举，令那些黑暗无明的世界光芒万丈。

校长叫穆孟杰，向他和他的孩子们致敬。

人心亮了，整个世界就都在眼前了。

[6]

我们在伟大的人面前已经渺小，如果再去吝啬爱，是对自己作为人类的嘲笑。

能力有限的我们，深知力量绵薄，但仍然会持续尽力。让绵薄联结绵薄，让我们贡献良心，和爱的火焰。

光明的世界可以遮掩黑暗，黑暗的世界，依然能照进光明。

每个人都是独自流淌的河流，独自闪耀的微光，让我们汇聚成更大的海，成为更亮的光芒。

我在无数个时刻常常祈愿，请美好的事物再多一些，那些黑暗的灵魂，比我们更需要，也更配得到。

命运奇妙，我们不能选择怎么生，怎么死，但我们能决定怎么爱，怎么活。

只有这样，大概才是减少人类灾难的唯一方法。

人间不责备

生 与 死 都 应 该

在 喜 悦 中 进 行

—— 祭 杨 绛 先 生 圆 满 仙 逝

一个人的活法，就是一个人的本质。

一个人的风格，就是一个人的戒律。

杨绛先生为艺术而生，为爱而活。用智慧保全了一切，获取了圆满。

只有上帝了解，她是怎样喜悦地在道这个别。

我和谁都不争，

和谁争我都不屑。

我爱大自然，其次就是艺术。

我双手烤着生命之火取暖，

火萎了，我也准备走了。

——兰德《生与死》（翻译：杨绛）

杨绛先生仙逝之时，享年一百零五岁。

看到消息时，我心中并无悲痛，反倒柔软了一下。那是杨绛带给人的能量，让人感到喜悦和慈悲。

一个人的生命形式与内在能量得到了吻合，就很圆满。是最好的结局。

[1]

英国诗人兰德在暮年之时写下《生与死》这首诗，被翻译过好多版本。因为不同的生命体验与高度，杨先生翻译得最为美好深切。一字一句，入心入骨。

不是所有人都对生命敏感。

一个人的活法，就是一个人的本质。

一个人的风格，就是一个人的戒律。

杨先生说，年轻的时候以为，不读书不足以了解人生，后来才发现，如果不了解人生，是读不懂书的。读书的意义，大概就是用生活所感去读

人间不责备

书，用读书所得去生活吧。

她的经历与心境，导致了从她笔下所生的字句，都带着一股子生活的艺术。

一个人有着怎样的内里，都会变成你的言行举止外化出来。

写的一行字，穿的一件衣，对一件事物的认知，对一个人的评判，都藏着你生命内里的样子。

人之皮肉，大抵相同，所谓差异，是在灵魂里。

[2]

我读《我们仨》时，试图把自己搁置到杨先生的角色里。我对她满心地钦佩，却是自愧不如。

大家更了解的，大概是杨绛和钱钟书的美满婚姻，灵魂之爱，但我关注的，是她的那些晚年经历，以及经历痛苦后的智慧。

作为一名女性，杨先生德才，还是贤淑，无论在她之前，还是她之后，我都无法找出比她更像是一个榜样的人了。

她深爱钱先生，爱到了灵魂里，以至于自身作为知名学者的她，也甘愿隐藏在钱先生的光影之下。

后来在钱钟书病中，她也只是渴求自己比他多活一年来照顾他，力求夫在前，妻在后。她说，错了顺序，那就糟糕了。

"我只有一件事终身不改，就是一生都是钱钟书生命中的杨绛。这是一项非常艰巨的工作，常使我感到人生实苦。但苦虽苦，也很有意思。

"钱钟书承认他婚姻美满，可见我的终身事业很成功。虽然耗去我不少心力体力，可钱钟书的天性，没受压迫，没受损伤，我保全了他的天真、淘气和痴气，这是不容易的。"

读到这些，我感动又感叹。杨先生是把成全钱钟书当成终身事业来做的，这对一个同样优秀的高知分子而言，是万分不易。

然而当他们的生命融为一体不可分割时，现实残酷地把他们分离了。而杨绛也似乎一语成谶，她亲手送走了自己最为深爱的人，成为了一个孤独的守护者。

先是女婿自杀，而后女儿患癌病逝，次年钱钟书离世。

原本只希望三人相守便是幸福的她，痛失独生爱女，又痛失灵魂伴侣，那时她已经八十五岁高龄。这个智慧又重情的女人，或者说老人，从此过上了孤独寡淡又看透一切的生活。

她多数时候在简陋的房子里写作，她咬碎了牙根儿地回忆着。

他们走了之后，她说，我觉得我的心上被捅了一下，绽出一个血泡，像一只饱含着热泪的眼睛。

想念得太狠了，就会做噩梦。

她梦到女儿在梦中醒来，一个人孤零零躺在医院里，连梦里的妈妈都没了。她抚摸着女儿，女儿却感觉不到。

她梦到自己和钱钟书一同散步，说说笑笑，走到了不知什么地方。太阳已经下山，黄昏薄暮，苍苍茫茫中，忽然钱钟书人不见了。她四顾寻找，不见影踪。她喊他，没人应。喊声落在旷野里，好像被吞吃了似的。

彻底的寂静，给夜增添了份量，也加深了她的悲孤……

她不敢做梦了。

梦是十足无能的，像个抓不到的影子，让这三个曾经那么相爱相守的一家人，分离不开又重聚不得。

所以杨先生在后来的将近二十年里，依靠着回忆为生，独守着余生的日子。

也许生命的本质就是不好不坏，平淡并且平凡的。所以有时我们沉溺在过往的梦中不肯醒来，大抵也是为了在那些回忆的温暖里，寻找一点失常的快感，和已经失去了温度却还活在我们心中的人，多待一会儿，再多待一会儿。

[3]

由于心无怨尤，杨先生在百岁之时，心智依然清明。

"我今年一百岁，已经走到了人生的边缘，我无法确知自己还能走多远，寿命是不由自主的，但我很清楚我快回家了。我得洗净这一百年沾染的污秽回家。我没有登泰山而小天下之感，只在自己的小天地里过平静的生活。细想至此，我心静如水，我该平和地迎接每一天，准备回家。"

面对这样一个老人，很难不被染上平静，感动。也像是在经历一场净化。

生命本该如此，活一场，结实饱满，不争不浊，干干净净。到了时辰就离开，不牵不挂，不恨不怨，安安静静地走。

相较那些尔虞我诈的人生，生不安宁，死不瞑目，只是想想，就已经觉得浊气满天了。

这让我想到顾城，那个写下"一个人应该活得是自己并且干净"的人，最终却选择了杀妻后自杀的方式，终结了一场原本应当干净的一生。

他的偏执与绝对，导致了他的疯狂与异想。

这是他的生命形式，也是他忠诚内心的结果。

忠诚内心是好的，可对于内心里的罪与恶，要剔除，要打它。人要遵守真理与诫命。

活时如此，死时，也应当有所交代。

你看，顾城的诗句都写得好。

他说：执者失之。我想当一个诗人的时候，我就失去了诗。我想当一个人的时候，我就失去了自己。在你什么都不想要的时候，一切如期而来。

然而由于他本身的偏执，造成了他的知行分裂。极端的个人主义，让他最终没能与自己和解，结束孤独的同时，也失去了一切。

［ 4 ］

有人说命运是一种虚空，在我眼中，命运是一种精神。

这种精神是生时干净，死时安宁。生死之间，让这种精神贯穿你整个的人生，指导你行过的每一步路，遇见的每一个人。

有些艺术家过于偏执，生不安分，死不宁静，或还给后人留下痛苦与阴影。这种生命的价值，无论被后人如何解读与流传，都只是在人们的记忆里编织一副带血的花环。

美好如杨绛先生，她用智慧保全了一切，获取了圆满。

花开与叶落都是一种存在方式，无论繁盛还是萎落，一个在有生之年活得真实干净的人，都会留给我们持久的感动。

生与死，一切都应该在喜悦中进行。

杨绛先生为艺术而生，为爱而活。

直至今日，终于等来他们仨团圆的日子。这种离开，也是一种完成。

只有上帝了解，她是怎样喜悦地在道这个别。

我们都是迷途的星星

人类都是同样的怪物，

只是面临不一样的麻烦。

很多时候，

都在重复一种单薄又孤独的行为。

想要学习勇敢地生活，

又忍不住用臆想绑架未来。

有力气埋怨，

没勇气改变。

活到后来，

认清分寸。

理想，孤独，爱情，

都是一样的。

用力不行，

不用力也不行。

我 们 在 爱 情 里 感 到 孤 独 ，

是 因 为 没 有 对 手

因为没有对手，于是在爱的面前，愈发虔诚与胆怯了。

　　　　　　　　　　　　　人间不责备

一个男人和一个女人，在完全没有了解的情况下，在一个夜晚，拥抱在一起，他们渴求的是什么？

他们不是在要对方，他们是在要自己。

越是生性孤独的人，越是需要对手来欣赏他的孤独与美丽。

[1]

人作为残缺的一部分，流落在世上，没有谁不在追寻完美相合的另外一半。

令人悲伤的注脚是，世界那么大，谁也不能保证找得到。只能站在孤独和缺憾中等待，等到了，也可能是错的。

人类很多时候都在重复一种单薄又孤独的行为。

爱情也成了理想的一部分。

爱情是个滑溜溜的东西。

用力不行，不用力也不行。

爱情需要对手。

灵魂在有所爱的时候，比它被赋予生命的时候更为真实。

旗鼓相当，势均力敌，灵魂相通，肉身相合。恋爱时，要有做爱时的美丽，缠绕，拼命，才是上好的体验。

萨特说，在这个世界上，能与我的精神与灵魂对话的只有一个人，一个女人，波伏娃。

他们棋逢对手，独一无二。即便后来各自有了其他恋人，但他们都清楚，灵魂最为相通的还是彼此。死后，他们被葬在了一起。

对于渴求灵魂陪伴的人，生与死，今生与来世，都无法丢弃这种渴求。

每个人的一生中，都必须体验一段烙在心版上的爱情。

当爱情降临时，你的心是联结着万物的。

你把天空和大地打扫干净，你愿意等待一场铺天盖地的雪，你在意泉水的流淌与花朵的开放。你的心被喜悦充满。

而爱情一旦缺席，你立在人间，犹如一株负伤的麦子，在灰沉的天空下垂首不欢。

[2]

作为一个生性骄傲的女人，她遇见了他。自从有了关于他的第一次记忆，她生命中日后的每一天都有了关于他的回忆。

他是她的生命之光，欲望之火。

摄魂取魄。

她爱他的时候，对他说，如果你爱我，就是天下最好的事情。

她扑通一声掉入爱的泥潭，并不希望有人来救她。她甘愿沉溺在那样的不可救药里，并且感到幸福。

她珍重他，宝贝他，甘愿为他做着全然的牺牲与奉献。

而为他做的一切，她认为都是爱情里最为忠实和美丽的表达。

他比她大十几岁，因为爱他，她反过来把他当个孩子一样的宠。

她常常饱含幸福，一整夜地趴在一旁望着他，像只舍不得离开主人的小猫。

她细细地看着他，他身体的每一个部位都是神秘的，他所有的弱点都是可爱的，他无意的一个动作都是性感的，更不要说他有时还对她好了。

真正的爱情一旦来临，对于男女，都是致命的。纵然深不可测，也会让你神魂颠倒，爱到兀自凋谢去，也不能用来被选择。

有选择的爱情不是真正的爱情。真正的爱情不能用来被选择。

而这样深切的爱情，都有着一种殊途同归的结局。古今中外，爱情这回事，都是你爱我我不爱你，我爱他他不爱我，相爱的人总是不能在一起。

这始终是爱情的要害所在。

不知是否因为夏娃和亚当吃了善恶树上的果子，自此世间再也没有完美的伊甸园。阴晴圆缺，世世代代。

如同咒语。

她知道他们最终不会在一起，但是旗鼓相当的对手实在宝贵，她只能在痛苦中爱他。

他每次拥抱她，她都热切地回应他。

那种窒息的热烈很孤独，还带着些悲凉。可她只能如此。明知无法消解也释放不了各自的苦衷，他们还是用尽了力气，拼命一样地，想要穿越那道厚厚的屏障，试图抵达对方。

爱与爱相撞的时刻，她幻想自己化作无形之物，被他连骨带肉，一口吞掉。

在她眼中，他具有神秘深沉的质地，坚硬，又柔软。他是每个人私密绮想的投射物。

他像是会变身似的，成为任何她向往的事物。

饱经沧桑的男人。虚怀若谷的容器。温柔的初恋少年。一个顽皮的小男孩。一座高山。一名智者，睿智到令人担忧。他是一切的富有。逆流而上的河流。散发香气的罂粟。闪着光辉的葵花。

他是一种奇妙、美好的留白。一座高贵又神秘的迷宫。终结所有神秘的一种神秘。

她在别人眼中，清高桀骜难以驯服。可是遇到他，她变得柔软多情，甜蜜多汁。在他面前，她是天下最温柔的情人。

她甚至想，即使需要付上性命，你也可以一并拿去。

爱情就是这样。一旦产生，你看他各样都是好的。

缺点与孩子气是好的，甚至不那么爱你，都是可以原谅的。

曾经你以为你就这样玩儿完了，不知这场爱情战争何时终结。越想探究，越是沉溺。

他牵着你同你的爱一起，沉入深不见底的爱情海里。

[3]

每个人都曾在爱中蒙昧与大痛，这是生命给的见识与学习。

这种体验，经过时间，变成了你的一部分，无法与你的整体生命分割。

人在年轻时，之所以不停地爱，是因为不懂爱。一旦经历过对手，爱就变得艰难了。

它不再冲动盲目，它发于心的深处，沉实庞大，难以被表达。

你不肯对命运屈就也无法对自我妥协，你无条件地承担着一切，试图不让它们变得浅薄。同时你也清楚的是，当你对一样东西或一个人迷恋太深的时候，你可能已经失去了他。

共同走完秘密的路程，转身回到各自的世界。犹如不曾存在的乌有之人，唯有用下半生来做你的遗产。

于是你放他走。

如果他回头了，对你便是一次爱的痊愈。如果不回头，你决心和他再也不去交集。

爱可以放低姿态，却不能没有自尊。上帝有时会开一些我们难懂的玩笑，就仿佛罂粟花本身是没有毒的，可惜开在了带有毒素的母体上。

你们的手上没有任何契约，你两手空空，一如收割后的原野。

你再不会揪着他的衣角不放，也没有机会为他生一个孩子。

你不会将他点燃的灯火熄灭，也不会向他问及灵魂以外的问题。

因为无法克服的孤独，一个决绝的吻就结束了一切，像是没来得及生长就被折断的花，凝固了最深处的芳香。

即便时光倒流，流得一干二净，一切推倒重来，你相信也好不到哪里去。灵魂之爱少得可怜，所以你必然还是爱他，即使是受苦。

所以两难的是，勉强草率的爱，简直就是带刺的伪装，而一旦过分地深爱一个人，到了尽头，是发心发骨的孤独。

以爱为题的电影中，心碎的女人说出了自我欺骗的谎言。

她说，没有法律，没有限制，只有一条规则，永远也别坠入爱河。

没有对手，怎么可能去爱呢。

可偏偏是，他在拥挤的人间和你撞了个满怀，炽烈交手，无处可逃，自此你天真地以为爱是堡垒，不料却是个血淋淋的战场。

我们在爱情里感到孤独，是因为没有对手。

因为没有对手，于是在爱的面前，愈发虔诚与胆怯了。

美丽的人，
要拒绝美丽的牢笼

如果你一直在用自我臆想的意义绑架未来，那么你永远不会生活。
没有什么比等候在审判之中，惴惴度过一生，更不划算的事了。

人类都是同样的怪物，只是面临不一样的麻烦。

性格的黑洞。思维的盲区。物质的贫乏。精神的挣扎。

总之你不可能是一个周全的人，到最后追求的也都差不多。区别在于，过程之中，如何看待这些麻烦。

如果你一直在用自我臆想的意义绑架未来，那么你永远不会生活。

在这一点上，经验主义给人们带来了巨大的障碍，而这种经验带来的判断，往往导致的是真相的蒙蔽与逃避。

六月的下午天色昏沉，读到这样一段话：

> 在灵魂的真正黑夜里，永远是凌晨三点钟，日复一日。
>
> 在那个钟点，人总是想躲进婴儿般的睡梦里，拒绝面对一切，时间越长越好。
>
> 可是，人世间各种各样的交集往来，又不断地把你从那场梦里惊醒。
>
> 你尽可能匆匆忙忙，漫不经心地应付完这些场合，再度躲回到梦境里，盼着借助某个伟大的物质或者精神的好运，一切都会自动调整到顺心如意。
>
> 然而，随着躲避退缩的持续，好运出现的概率越来越小。
>
> 与其说你在等待一种悲伤的消逝，不如说你在不情愿地目击一道判决的执行，目击自己人格的分崩离析。

想要逃避又无处可逃，是每个人都经历过的灵魂暗夜。

我也曾经分崩离析过，依靠酒精逃避清醒的时刻，幻想着过了这一晚也许就会好。事实证明，幻想永远是幻想，永远不会出现一个神奇的小人儿，把你拖延的所有麻烦处理掉。

每个人都对自己不满意，这是一定的。

然而面对种种不满，我们总是有力气埋怨，没勇气改变。

我不知道别人是否也经常玩这样一个游戏。闭上眼，把心中的所有愿望，在脑子里特别精彩完美地默默完成了一遍，而后什么都没发生一样，一切回归原点。

牢笼的门始终是开着的，只是没有人愿意出去。这是可笑的。

怀念还有冲动的那些日子，动作比意念快，以至于很多事还没有想好，就热血沸腾地去做了。

因为暗恋男老师而辍学。

在很远的城市旅行，因为一个人的一个电话，辗转半夜买了机票回来见他，然后一起听了一夜他的新唱片。

演出看到一半，突发奇想去看海然后迷了路。

险些与一个自己并不认同的人私定终身。

为了纪念一个人，去写一本二十万字的书……

那些还没来得及被囚禁的冲动，自由，新奇，像是春天的植物竞相生长。

癫狂过后，时间一路小跑，就变成了一个不再热衷流浪和厌倦表达的人。

换句话说，越来越懒，毛病越来越多。

习惯待在舒适区。不喝无谓的酒，不做吃力的事。

也无所谓他人的评价。注重自省，频繁进入自我审判。

不去爱一个危险的人，也不再愿意坐上一艘沉浮不定的船。

平静了，倦怠了，活得也就不那么过瘾了。

所以你看，逞强和爱冒险的都是年轻人，人越往后活，就会变得更多胆怯与权衡。生活磨平了人身上锋利的倒刺，人并不是越成长越勇敢的。

于是开始警觉，对于这种近乎悲壮的"懒得这样"和"懒得那样"，是否越到人生的后面，就会演化得愈发强烈了？

这种冒险精神的萎缩，这些不肯屈就，是不是千军万马都踏不过去了？

常规来说，越到后面，我们大概越容易进入灵魂的黑夜，疲劳、胆怯与担忧，思前想后，进退维谷。

该经历的已经早早经历，突然发现所剩时日无多，种种的局限，导致了你根本不能彻底颠覆地改变活法。慎之又慎，生怕一旦做了某个选择，就如跌入囚牢，万劫不复，不能回头也无法逆转。

悉心一想，既是囚牢，都是有钥匙的呀。

在我对生命半生不熟的阶段，去读那些晦涩难懂的书，拼了命地去追求智慧，后来发现，知识的增加，有时竟也是一个牢笼。

我们的个性，即便对我们自己，也是深不可测的。在繁复交织的现实中试图找到一个完美的出路，是会自我伤害的。

想要冲破牢笼，释放心中的困兽，首先心要得到释放，把眼睛睁得大大的，凝视一切。就像经历一场考试那样。

这可能会让你在世界里受伤，但是伤口会长出新的翅膀。

分享郑钧说的一段话，很有启发。

"牢笼的门始终是开着的，只是没人愿意出去。

当你知道牢笼的门在哪儿并且愿意走出去，牢笼就变成了屋子。

如果你找不着门，也出不去的话，它就是监狱。

最重要的是，你得找到钥匙来打开这扇门。"

在西藏，我看到那些教徒日复一日，磕着等身长头，用尽一生的时间，企图找到一枚小小的灵魂钥匙。

总有人喜欢追问人生的意义，那些答案便是如此了。至于你的那把钥匙，你得自己找。

可能需要很久，也可能是一辈子。

找不到，就只能在午夜梦回，等候审判。

没有什么比等候在审判之中，惴惴度过一生，更不划算的事了。

对待终究要失去的生活，不妨大胆一点。除了死亡，一切事物，都在流动，并有逆转的可能。

美丽的人，要拒绝美丽的牢笼。

我们随时都要看着自己诞生。

请 注 视

你 内 心 的 火 焰

内心还有涌动，还有火在燃烧，是活着的证明，是在这虚幻世间感受自己存在的确据。

麻木与冷漠就是失去了它。

那意味着，你心中不再有热的东西了。

每个人的秘密里，都藏着一个不认识的自己。

大大小小的火焰，此起彼伏，直至牵扯出内心深处的隐秘。

那种难以名状的涌动，有时沮丧，有时快意。有时你控制它，有时它控制你。

它变换着不同的花样，递进着不同的层次，侵袭你，占有你。

你想让它流向世界，却始终笨拙得找不到出口，像是一个做不完、说不出的梦，于是黑夜无从皈依。

在黑暗中看一部电影，低音琴声在一对恋人的分离中蓦然响起，你内心藏好的那些过往，突然被触碰，变成眼泪，寂然滑落。

想与人在孤独中亲吻。无法把失控的情欲摆回轨道。

安全感丧失。

与不同的人痴缠，却不能爱上任何一个。

在深夜反复循环一首并不高兴的歌。

和一个不存在的人说话。

与生俱来的伤口。挥之不去的孤独。难以启齿的疾病。

这些内心的漏洞，永远无法与人讲述的隐秘，像个仪式贯穿着你的人生。而你始终想要搞清楚，这些是什么？为什么？

根源，都是你内心的火焰。

当你在众人面前，伪装成一个完好的自我，火焰作为漏洞，隐匿在内里，看上去被包裹得完好无缺。一旦触碰到某个情境，它就像个不懂节制的孩子，忽地跳出来，让你自己都吓了一跳。

当下时代，丰盛富足的华袍之下，暗藏着灵魂的饥渴与癫狂，求而不得，得而不欢。

懂得觉知的人就会明白，这些漏洞，无非在用另外一种方式提醒你，你要向灵魂的更深处探索，否则就要承受灼烧，无法获取平静。

我是怀揣心事长大的人，长大自然就走了书写心事这条路。

可写作这件事，经常会把人搞得无法安宁。心如止水的人是无法写作的。写作者首先要把自己燃烧起来，是绝不可能隔岸观火的。

通常面对一片空白，我书写下人生的万种丰盛与哀愁。

有时它们被上帝之手神助，字词争先恐后跳跃而出，有了生命，变得鲜活。也常有时，词不达意，心中胸臆不能被精准表达，那感觉就像梦魇，想用醒来结束掉挣扎，却始终被惆怅的情绪覆盖。

幸运的是，因为始终很认真地经营心中的花园，倒也足够丰茂，不是随便什么火焰就能损伤到它们。反倒是越相熟识，愈发亲密，成了我无法分割的一体。

一个人内心的火焰熄灭了，也就意味着生命力萎落了。

也许内心无法自足的人，会一怒之下放弃自己的热爱，始终不能坚持做好一件事，也无法爱一个人到白首。

我无法测度人类的全部，我只看到在这个遗憾的投机世界里，这团火焰，竟也成为了秘密的一种，成为了人们最为安全的保护。

它并不负向。它是一切欢喜和悲伤的发源。

　　　　　　　　　　　　　人间不责备

它是孤独隐秘的坠力，也是向上生长的动力。

跻身腥臊的时代，内心还有涌动，还有火在燃烧，是活着的证明，是在这虚幻世间感受自己存在的确据。

麻木与冷漠就是失去了它，那意味着，你心中不再有热的东西了。

前路未知，有时让我们决定走好余生的，恰恰不是那些轻易就被遗忘的坦途，而是藏在心中的这些热浪。

它们可能洁净也可能罪恶，可能是救赎也可能是愿望。可能是难言的痛苦，也可能是隐秘的快乐。把它们当成向内审视的靶心，是它们牵扯着你，要实现，要消解，要抵达。

生命是个惊人的谜，每破解一个秘密，经历一次燃烧，就是一次成长。

这种损耗是成长也是自赎，是能量和营养的印记。

如果不能从中发现并拓宽自己，那么这些损耗，加大了痛苦剂量的同时，也不过是一场浮夸的焰火表演，以虚对虚，留不下什么的。

至于我，无论心中的火焰将我引向何处，我愿意一直如此，在体验中探寻我的生活。

在我的咖啡中，酒精中，涌动中，爱中。

我的阅读和写作中，天真和欲望中，简单和复杂中，过去和未来中。

我的胡言乱语中，痴人说梦中。

没有尽头的探索和体验之中。

在这个过程中，我知道，有一根线，通向了生命最深的秘密之中。

我是一个尊重定律的人。

从定律上来说，所有你不敢直面的，它都必将以另外一种形式在扩张。

人间不责备

又一个抑郁症患者
自杀之后

如果所有的人都只关注欢乐，那么身处痛苦之中的人，就注定了被遗弃。

你今天去爱别人，明天才会有人来爱你。

爱与爱的交换，是和生命一样宝贵的东西。

文章开始之前，我想先说明我的观点：谈论抑郁症自杀不是负能量，拒绝谈论抑郁症自杀才是负能量。

因为，死的对面是生，回避谈论死，就是回避谈论生。

又一个朋友因为抑郁症跳楼自杀。

事隔一晚，平静一些，我想写一些关于抑郁症的看法。即使不够专业和有序，我尽可能客观理性，希望或多或少，能改变一些人的认知。

对于已经跳下悬崖，以及无数还在悬崖边挣扎的人，每个人都不应该漠视精神之苦。

今天悲剧没有临到你的家人朋友，不代表未来就不会。世事无常，生命脆弱，一切都有可能发生。

而应对各种突发可能性的唯一武器，就是完善自己的浅薄与无知。

如果所有的人都只关注欢乐，那么身处痛苦之中的人，就注定了被遗弃。

[1]

自杀的这个女孩，一九八六年出生，结束自己时，刚满三十岁。

她是个舞蹈演员，年轻好看，正准备结婚。最终选择了从楼上纵身一跃，作为她生命的谢幕方式。

大概晚上十点多，我得知这个消息。震惊，痛心，愤怒。我举着电话，既没有挂断的能力，也说不出什么话来。

因为几天前，我们还一起度过了一个特别美好的夜晚。

我想那天，她大概也会觉得是一个不同的夜晚。

在作家朋友的一个院子，有花有树有月光，头顶的群云追着月，异常美丽。

我们摆了一桌饭菜，在星空下喝酒。

最初我坐在她对面，后来坐到她旁边。因为我发现她有些交流障碍，思维跟不上表达。偶尔蹦出一句话，感知精准，却磕磕绊绊。

朋友也不回避，跟我说了她抑郁的问题。知道这个信息之后，我对她有了特别的关注。我知道这种病的孤独，尤为需要温暖和理解，我说，我可以抱抱你吗？她张开双臂，趴在我肩上就哭了。

肢体接触的温暖和信任，让她的心门打开了一些，她拉起我，避开其他朋友，去到了房间里。她跟我说了很多心里话。也可能是秘密。

我疏导她，鼓励她，她拼命点头。我还推荐了一些书给她，她很认真地记下。

我尽自己所能，跟她分享我对这个病的认知。因为被理解，她似乎放松了一些，但还是显得无措。

一个舞蹈演员的身体，瘦弱，苍白，让她在月光下有种被折损的美丽。

看得我心疼。

没有人不想活下去。

你要相信，每一个抑郁症患者离开之前，已经尽了最大的努力。

我手机里还存有那天录的视频。

我们喝得很高兴，就唱起歌来。唱了许巍的《故乡》，还有罗大佑的《爱的箴言》。她拉起男友一起舞蹈，大笑，灵动好比天上的流云。

那天我们玩得很疯。我说，改天你去我家吧，我做饭给你吃。

然后突然得知，人没了。

[2]

说实话，我得知消息的那一瞬间，有撕碎这个世界的恼怒。

抑郁症是个魔鬼一样的存在，折磨了太多人，但谁也对此无能为力。

对于这类事件接二连三的发生，尽管不得不接受的人，一次比一次被锻造得更为强大，但我无法说服自己去习惯这种事。

因为一种现象频繁发生而变得麻木，这才是人类真正的危险。

有些事情发生得越多，我们就越该警醒，越值得我们每个人去关注和探索，去了解背后的原因，那究竟是什么？为什么？有没有可能改善？

悲痛之下，我发了个朋友圈，一时密密麻麻的留言。

一部分好奇，问是谁，什么方式。一部分表示关心，希望我不要受到影响。还有一些，让我远离这些负能量。

我有点难过。这些绝非恶意的声音背后，暴露的是浅薄和愚蠢。

人间不责备

一个人，因为抑郁症自杀了，围观的人群，更多好奇的是事件的主角和形式，至于抑郁症这个内核因素，只要事不关己，多数人是高高挂起的。甚至有些浅薄无知的人，会嘲笑说，抑郁症都是闲的，矫情。

关心一个人的精神之苦，并保持对生命起码的尊重，如果这都被定义为矫情，难道只有那些不痛不痒的空洞口号才是正能量吗？

不知道为什么，人们总是喜欢避开真相，得过且过。

谁不愿意只谈论开心的事物？但如果都对痛苦绕道而行，那么这个族群永远也得不到关注。如果这种事，突然降临到你的家人和朋友身上，你还会觉得这种关注是多余的吗？还来得及吗？

又难道，熟识就应该难过，陌生就应该熟视无睹么？

当然，我承认，在有些事上，因为主观情感的介入，会有感受上的差异，但生而为人，应该相互悲悯不是吗？

如果只把爱和悲悯给你想给的人，那不叫爱，那是自我满足。

你爱一个人才去关心他，否则就置身事外，那你享受的只是自我满足的快乐，给予之后的成就，甚至是一种变相的索取。假如对方没有如期对你回馈，你会感到失望。

真正的爱，应当是对普天下的仁慈与悲悯。

[3]

我说说我所了解的抑郁症。

对于扛过那道坎的人来说，恐怕是人生最艰难的翻山越岭。其中过程，再伟大的作家，都难以描述那种痛苦。被描述的只能是字词，只有当事人最清楚其中的感受。

被抑郁困住的人，饱受生理和心理的双重折磨，与癌症无异。可精神"癌症"不如肉身的癌症那么具象，于是才难被大众理解。

在病理上我当然并不专业，但我能知道的是，抑郁症患者是因为某些变故或打击，导致大脑的功能异常，负面和消极情绪的网络功能活跃，而偏向于快乐和积极情绪的网络功能降低。直白一点说，就是负责分泌快乐的激素罢工了，停止了，被抑制了。

你只能感受到痛苦。

这世间最讽刺的就是，人们总是追求那些有用、看得见的东西，而往往我所关注的，带给我灵感的，都是那些看似无形也无用的东西。

你不小心把一只蚂蚁踩在脚下，作为那只蚂蚁，它的痛苦很难被描述。

关于抑郁症，我试图描述过那种感觉，非常难。

对于无法感同身受的人来说，抽象得像个艺术品。比如凡·高的画，应该怎么向一个没有艺术感受力的人解释清楚呢？

一旦抑郁来临，那感觉，即使每天什么都不做，每一刻也都像爬山一样累。

神经绷得很紧，脑袋似乎千斤重。似乎很满，似乎又很空。无尽的疲倦，只想躺着。即便躺着也感到很累。

失眠，惊恐，敏感，脆弱。力量虚弱，思维在单向轨道里滑行。

人间不责备

常常莫名想哭，毫无来由。心中说不出的委屈。

孤独、消极、挫败，觉得一切毫无意义。

什么都不想做，不愿见人，更不想见让自己感到压力的人。

交流产生障碍，不能准确地表达自己。

决断力下降。纠结。一个芥菜种大小的事情，都能把自己烧得一团焦黑。

所有的感觉都在盘旋坠落。犹如置身黑洞，落到底部的底部。

但致命的一点是，在自我的封闭空间里，濒死的同时，一旦他们出现在人前，就会努力表现出一切都很好的样子。

假装快乐，努力坚强，怕世俗的眼光看穿自我的虚弱。这样的误区，才导致通常让人误以为他看上去很好，直至彻底崩塌，你后知后觉，怎么这么突然？

不要忘了，他痛苦的时候，你是根本看不到的。

对你来说的所谓突然，对他自己来说，已经挣扎很久很久了。

每一个经抑郁折磨而最后输掉的人，都尽过了自己最大的努力。

这种努力是旁人难以想象的。

心理的无助以及生理的疲倦，让他们在生了死、死了又生的无数次挣扎里，用最后求生的本能，笨拙地找一些乱七八糟的方法，试图把这种痛苦肢解掉。

像个丢了魂也没有家的人。

我深知其苦。

出于同理心，后来我开始关注那些还在泥潭挣扎的人，尽己所能，倾听，建议。即使帮不到太多，仅仅是理解本身，对他们也是慰藉。

我希望能够理解人的心灵，如同我想知道群星为何闪烁。

[4]

事发之后，一个有过抑郁经历的朋友发来微信。

一条是：也没什么好说的，出不来就是出不来。出来那天就出来了，需要有人帮忙，找到生命的意义。那个人或者那件事很重要，关键要看遇得到遇不到，要不就会一直在抑郁里。

另一条是：我自杀过三次，但最终我还是走出来了。只是很多人熬不到那一天。

用"熬"这个字毫不夸张。

最终熬不住的人，不堪其累，就一心想要解脱了。

有人把抑郁症称为黑狗。它某一天咬住了你，你越逃避，它就越凶悍。你越来越小，它越来越大。直至最后，把你吞吃。

我想告诉你的是，如果你不想被黑狗吞吃，无论你多么痛苦，只要还有一个活下去的理由，活下去就是你的目的。

除非，你愿意耗在里面，糟蹋自己的人生。

所以还是要靠你自己，不要赖在那个黑洞里面不出来。你不出来，就是在拿自己喂养它。

我知道这做起来很难，但只要你还想再看一看后面的人生，你还爱着你的家人，你就值得再试一试。

药物治疗，心理咨询，运动，信仰，旅行……找到一条适合你自己的路，去试一试。不再把它当回事儿的时候，你就发现，原来也没什么大不了的。

别人自杀了，并不代表你也要那样做。

要相信自己有好的运气和造化，总会出现一些天使，他们会陪伴你度过这个噩梦。

如果没有，独身一人，你也要度过。

放弃很容易，一秒钟的事情，只是死了就什么都没了。

你的所知所爱所想，多年苦心经营的自己，都会因为一个瞬间化为乌有。

[5]

以我多年关注这类人的经验，除了患者本身，家人朋友的方法和态度，尤为重要。

人人都有深海沉浮之时，这时没有人不渴望被人拉上一把。抑郁者更是如此。

我最早帮过一个抑郁者，是网络上的读者。

他的家人不能理解，他没有人说话。每天独自一个人。唯一的寄托，就是等我的回信。

就这样，我花了大概两年时间与他通信，给他鼓励，哪怕只言片语，我眼看着他一天比一天高兴。

有时一个人的精神支撑，不过是等到了一个期待的回复那么简单。

直到有一天，他告诉我，他好了，可以正常地工作，也交了女朋友。他说，我会永远记得你，你是我的恩人。

我说，你最应该感谢的，是你自己。最坏的时刻，你是你自己的奇迹。

还有一个男孩，他在准备自杀那天，给我公众号留言，说想跟我通个话。尽管他轻描淡写地描述了一切，可是看得我触目惊心。我吓坏了，把电话号码给了他。等了半天，他说他恐惧，不敢打。

结束生命实在是需要勇气的。我猜想他还愿意向人求助，说明还有挣扎。于是那天我推掉所有的工作，一字一句，谨小慎微，陪他聊了一下午的时间。终于，最后他说他突然心里有了一点温暖，答应我不死了，明天后天都会跟我来说话。

后来他去休息了，我哭了一场。百感交集，不堪重负。

我愿意伸手去拉任何一个身处泥沼的人，也害怕对一个生命做出承诺。这特别难。需要持续的给予，不停地付出耐心，我非圣贤，害怕自己因为能量不足而增加了别人的绝望。

所以每一个身处黑夜的人，最应该依靠的，还是自己。

最后我想说，往往抑郁的人，都喜欢待在自己的黑洞里才觉得安全。

作为身边的家人或者朋友，如果你想要帮助他，首先要做的事，就是去了解关于抑郁症的基本常识。如果做不到，那么请你闭嘴，千万不要讲你以为的那些大道理给他听，也不要用你正常人的思维去测度他。

他生病了，请不要用"想开点"这种空洞的理论逼迫他。这只会适得其反，让他加重不被理解的绝望。

有人打过一个比方。说，你逼迫抑郁的人高兴起来，就好比命令一个失去双手的残疾人说，给我拧开眼前这个瓶盖。

那种压力和恐慌，只会把他推到另外一个极端。

有时我甚至猜想，一些最终选择解脱的人，有多少是在不被理解的反作用下被推了一把的呢？

想说的太多，写不尽然，或有疏漏，也写不动了。

只是心愿强烈，希望多一些人关注这个群体，纠偏认知，多给他们一些理解和耐心。

如果你身边正有家人或朋友受困其中，即便你做不了更多，只是一点小小温暖的陪伴，即便有一分一毫的帮助，也算功德一件了。

你今天去爱别人，明天才会有人来爱你。

爱与爱的交换，是和生命一样宝贵的东西。

命 运 ， 欢 迎 光 临

生命中没了快乐，如同一场错误。

砍杀生命中的那些错误，让它们献祭，作为营养，滋养我们心中原本美好的那个花园。

　　　　　　　　　　　　　　人间不责备

《又一个抑郁症患者自杀之后》这篇文章发出后，是我没料到的局面。

微博和公众号收到大量的留言与私信，全国各地的抑郁症患者与家属，各种倾诉与咨询。

信件密集的那两个月，每天我一打开手机，仿佛就看到一群乌鸦黑压压向我飞过来。

每个人患病的原因不同，症状只有一个，就是痛苦至极，却又无能为力。

我被这些留言震慑的同时，心也被撕扯得破碎。

我看得到每一个字词背后的挣扎，甚至闻得到每一次呼吸背后的痛苦。

我以为，我的回复或许可以温暖一个幽暗的灵魂，可我高估了自己。

他们的留言几乎要把我看坏了，能量给出了，自己虚弱了。

我清楚自己，能做什么，不能做什么。

我不是专业的心理专家，也不会利用这些获取分毫的利益。我只是个写作者，我关注人的感受与生命力，但我也不想陷在一个话题里不出来。

你们也一样。不管经历了什么，都不能陷在一个状态里不出来。

生命中还有许多组成部分，转头看看其他的风景，不那么关注自己的痛苦，也是摆脱痛苦的方法之一。

我无法做到熟视无睹，于是，就写了这篇文章，作为统一回复。

包括选择这篇文章在书中发表出来，也是希望可以帮助受困之人。但前提是，如果你是一名抑郁症患者，除了你的心理医生，不要试图持续依赖任何一个人。

依赖等同于有人帮你承担，会让你纵容自己的软弱。

[1]

上一篇文章是直面，是现象。直面过后，就是方法。

具体的方法，那篇文章中也提供了一些，但未见得抑郁症患者都严重到自杀的地步。在事情还来得及的时候，完全可以自救或者自我疗愈。

无论抑郁还是孤独，被理解固然重要，但不能始终待在渴求被理解的位置上不动弹。那样，你自己的头脑和身体就会变懒。

要用好的愿望暗示自己，即使做不到，也要把暗示传递给潜意识，并且要强烈。

这个东西就是信念，信念不能塌。

把心关起来拒绝一切，那谁也给不了你什么。

微博上一个读者给我留言，说她试了好多方法，一直不能摆脱抑郁情绪，然后就越来越受不了自己的病，越受不了就越想放弃。总是力不从心，站起来几步又被打倒，太难受了。

这是抑郁的可恨之处，因为反复发作，导致人的信念被摧毁。

可是转机忽然就来了。

后来她说，她现在开心得要死，自己都搞不清楚为什么那么开心。她去旅行了，见了一些人和事，不知道哪个点被疏通了，就特别开心，一切都通了。

所以，信念非常重要。

那么多人都走出来了，凭什么你不能？

现在还没找到就继续找，拔苗助长你也要长，揪着自己的头发也要把自己从泥地里拔出来。

在活下去这件事上，要跟自己赌气，较劲，不服。

该死的是抑郁，不是你。要有这种精神。

蜕变就是这样，会疼，但是一旦超越，就是重生。

我也非常清楚，你很难对一切充满兴致，甚至求生这件事。

我知道这是你不愿意的，也是你不可控的。

但你要知道，你只是生病了。等你病好了，跨出这个关卡，春天的花开、恋人的亲吻、孩子的微笑、蛋糕的香甜、黄昏的原野以及夏日的星空，一切的美好都会和你再次相逢。

你要相信自己有重新感受美好的能力，并且会比从前更宽广。

抑郁的人生就是两个极端。要么扛不过，半生荒废。一旦扛过，就会升华，抵达更高的境界。

这不是信口胡说，这是一件严肃的事。

[2]

鉴于十几年来的关注，我尝试提供一些方法。因为性格、环境、条件不同，一种方法不能适用于每个人，你需要找到适合自己的一种。

这条路走不通，就转弯去走另一条路。多去试一试。

但在尝试所有的方法之前，你必须先做一件事，也是最重要的一件事，就是接纳。

你要从本质上清楚生命是怎么一回事，明白痛苦和喜悦都是生命的一部分，并接纳在我们身上发生的各种可能性。

抗拒是特别消耗能量的。

忧郁、焦虑、愤怒、绝望，这些负面情绪就像弹力球，你越想控制它，它就弹跳得越高。

要接受它。你安静了，它就安静了。

在生命压力的驱使下，不要说抑郁者，健康的人也会有焦虑不安的时刻，要接纳这都是人类正常的情绪。

没有这个问题，可能还有那个问题。让它待着就好了，不用跟它较劲。

或者，干脆就把它当成自己性格的一部分，命运的一部分。

你有这种困扰，别人其他方面的困扰也未见得比你小，命运对大家都是公平的。

安静下来，知道它们来了，知道它们也会走。

不去刻意回避也不刻意放大，尽可能地让生活照常进行。谁生病了都要休息的，允许自己的节奏慢一点，尝试的可能性多一点。突然某一天的某一个瞬间，你可能突然就发现自己开始高兴了，你甚至都还没准备好，那一刻就到来了。

它来它走，都是突然发生的。不要去预设时间。

人活一生，麻烦是很多的。你的心会随之下沉，混乱，哭泣，挥舞。

要知道，那些混乱和挥舞最怕安静，一安静它们便没了对手。

怜悯它们，体会它们。安静的力量是极大的。

[3]

灵性大些的人，不妨尝试祷告，寻找一个信仰。

如果不知道具体该怎么做，就读些心理和灵修方面的书。

我向很多人推荐过露易丝·海的《生命的重建》，里面有一些具体的练习方法。试一试，非常有效。

理解力更高的人，可以尝试读克里希那穆提等人的书。他们的智慧会帮到你。

如果内在的灵修方式不适合你，就找一些外化的行为方式。

打扫房间，专注清理。看着干净明亮的房间，心里的垃圾也会被清理了一半。

去跑步，专注脚下，专注风和呼吸。让自己大汗淋漓。

去旅行，离开那个熟悉到让自己厌倦的房间，把自己扔出去。去遇到新鲜的面孔、新鲜的街道、新鲜的呼吸与吃食。不必跟谁交换过去也不必思虑未来，就让自己存在在那一刻。

很多积郁点都是在行动中被疏通的。这不可预知，但很奇妙。

一种方法不适用于所有人，也没有什么只做一次就受益终生，要保持耐心，反复尝试。

除非你不向往更好的东西。

但悖论是，如果你不向往更好的东西，又何必为现在感到痛苦呢？

[4]

曾经一个朋友和我谈话，他的描述非常生动，轻易就疏通了故步自封的疑惑。

他说，你给自己画了个圈儿，老在那个圈儿里待着有劲吗？没劲对吧，没劲就跳出来，出门试一试，看一看，实在不行，再回到你那个圈儿。你的那个圈儿还在那里，没有人会偷走。

这个有点好笑的形容，特别有效地帮到了我。

只有自己才觉得自己的那个圈儿是宝贵的，不可侵犯的，但对别人来说，根本没有人稀罕。

不开心的人都容易钻牛角尖，越钻越窄，越窄越觉得没有出路。

抗衡和拉锯这种东西很折磨人，时间久了，这个东西就会体现在你的人格和身体上。你越想消灭它们，最终你就和它们一同被消灭。

所以，你得允许它的存在。

允许所有事情的发生，如此的发展和结局。

允许别人如他所是，允许自己如己所是。

那些让你感觉安全又恐惧的东西，要有勇气离开它们。一辈子只用一种方式活着，还是不开心的方式，不绝望才怪啊。

现在不好，或者非常不好，都没关系，放轻松。跟自己说，没什么，只是我的生活暂时出了一点问题，不用惊慌，再往前走走看。

只要继续往前走，就会遇到新的风景。

自我小了，世界就大了。

这条路一时关了你的门，要学会调侃自己说，刚好我也不怎么稀罕，刚好我准备到另一条路上去看看。

现实狡猾的同时也漏洞百出，要学会跟它斗智斗勇，用智慧将漏洞补全。

[5]

至于生命中，还有许多东西等着我们去探寻。

于我而言，固执地认为生命本身就是一道高级的伤口，所以当有人问我，活到现在，你最大的感悟是什么？

我的回答是：命运，欢迎光临。

经历过最低的低谷，最黑的黑暗，还有什么比这些更恐惧的呢？

所以，我想说的是，亲爱的你们是宝贵的。

没有一个傻瓜会抑郁。因为你的不同，触角敏锐，思想丰盛，感情细腻，是有理想和苛求完美的人。如果不是祈愿更好，谁会忍心这样折磨自己呢？

时光崭新，希望深陷泥沼的你们打开心门，找到方法，重获快乐。

我也并不能真正帮助你们什么，我能给的只有分享。还是那句话，所有的救赎，在任何一件事上，归根结底都得靠自己。

人生就是一个接一个的游戏，这个游戏结束了，还有下一个等着。

现在只是现在，现在不是结果。

最后，我想说，欢迎命运里光临的一切吧。

想办法把自己活成一场美梦，一场美好。毕竟你读书学习，苦心经营，最终不是为了一个一塌糊涂的自己。

生命中没了快乐，如同一场错误。

砍杀生命中的那些错误，让它们献祭，作为营养，滋养我们心中原本美好的那个花园。

饮 酒 的 女 人

世界是苦的，酒也是苦的，甚至女人有时也是。

假如因为有酒有爱，女人可以变得香甜，而这苦的世界，也就变得好上口了。

难道不是吗？

世界的战争是男人，男人的战争是女人，一旦女人香甜下来，世界也就温柔下来了。

我真的是个酒鬼，就像我是个作家。

我是真的作家，也是真的酒鬼。

我喝红酒才能入睡。早晨喝了咖啡后喝白兰地，然后开始写作。

我回顾这些时，我自己都惊讶我怎么还能写作。

当一个女人饮酒时，犹如一头野兽或者婴儿在喝水。

——玛格丽特·杜拉斯

[1]

艺术家老羊，要做一个关于提取"艺术DNA"的创作。

他选择走访包括绘画、音乐、舞蹈、文学、电影等艺术类别的三十位艺术家，提取他们正在创作的作品DNA，记录提取过程，展示提取作品。

他说，我想呈现艺术家的真实创作状态。

在作家的范畴中，他找到了我。在此之前，他刚刚提取了崔健吹小号时的唾液。

我一个写字的，有什么好提取呢？

他说，随机。

他带着摄像机，背了个大的背包，在午饭后抵达我家。

他说，你平时怎么创作，还怎么样就可以。

我倒了一杯伏特加，坐在电脑前，开始写作。

拍摄，聊天，一下午很快过去。

采访结束，他让我在喝光的那个伏特加酒瓶上签了名字，如获至宝，把

　　　　　　　　　　　　　　　人间不责备

它揣进了背包。而后我看他写了一篇文章，记录了采访我的过程。其中有一句说，王晴给我倒了一杯伏特加，在中午，让我像喝水一样喝下它。

以这个小故事为引，让我觉得，作为一个写作者，以酒精作为创作DNA的标识，倒也不能说不妥。

我喜欢的一些作家，也都是嗜酒成性的。

尽管我不喜欢被贴标签，可总结起来，相近职业的群体，轻易就能发现一些共性。

我喜欢的女作家杜拉斯，就毫不隐讳自己嗜酒成瘾。

她说，酒一经喝上，我就成了一个女酒鬼。我就像一个酒鬼那样接连不断地喝。我开始在晚上喝，后来中午也喝，再后来早晨也喝。我喝得把所有的人都抛在后面了。

嗜酒固然不好，它本身是一种虚空，同时又填补了一种虚空。它顶替的是一种缺失，在某一个时刻，充实了个体的心理空间。

我从未效仿过任何人，可当我成为鲜明的我的时候，我发现，我与我喜欢的许多艺术家，有着不谋而合的特性。

包括有很多次我也想戒酒了，曾经望着酒瓶与自我博弈。可是一旦重上战场，就会重新容光焕发，重新感到这个灾难般的世界，在酒精的效应下那样生动美好。

执迷饮酒的人，大概是用酒精来承受世界的虚空，行星的平衡，以及消解那些痛苦挣扎里专有的时刻吧。

[2]

酒真是个美好的东西，杯子轻轻一碰，就拉近了人与人的距离。

酒让难过躲过一时，酒让盛宴变得妙趣横生。

酒打破人们之间的芥蒂，酒让人们变得轻易交换内心。

酒让铁石心肠变得柔软，酒让音乐诗歌更加战栗。

记不清以何时为界，我成了一个好酒之人。朋友们也常常愿意找我喝酒。

但是我不随便与人喝酒。

我是个挑剔的人，在喝酒这件事上也不例外。

喝酒和恋爱一样，需要旗鼓相当的对手。

喝酒不是酒量的较量，而是精神的汇合。若不投机，酒也就变得难以吞咽。

喝酒自然不是为了喝酒本身，而是在于它的精神功用。如果仅仅为了喝酒而喝酒，那么我宁愿独自一人，与酒成为伙伴。

与人对饮，定然要与恰好的人，才会从灵魂中溢出香气来。

聚在一起喝酒的人，得有精彩的对谈，方可驱走一些瞠目结舌的寒，获取一些结实欢喜的暖。

把一切的哀乐与心愿，一切狂欢时刻的记忆，一切各地各时的恋歌，从四面八方到来，聚成一首乐曲俯伏在酒的脚下。

这样的酒，才能喝到灵魂里面去。

然而多数时候，过程潦草，盲目狂欢，也渐觉无趣，就只选择与少数相投的人喝酒了。

[3]

最好的酒，自然是与恋人喝。

吊灯昏黄，在盛夏的夜风中轻轻晃动。音乐正好，是销魂的布鲁斯。

你取出一瓶橙色的伏特加走向他，风情万种，裙摆上都飘出酒的香气。

他陷在沙发里望着你，嘴角掩不住地浅笑，轻轻地摇头。每当他这个神情，你就知道，他再次被俘获了。

你喜欢他在你面前的温柔，褪去了所有在世界里的骄傲。

可惜他酒量并不如你好，几杯下去，眼前便开始摇晃了。

晃成一个女人的风情，晃成他的痴言醉语。习惯了在外强大的他，无比坚硬的他，在这样的时刻，就变成了丢掉了一切武器的小男孩。他开始撒娇一样地怪罪你。

他用几乎绵软的口吻说，你是个坏人，怎么总是让人醉掉呢。

夜风坚硬，是酒，让两个孤独又彼此欣赏的灵魂一起柔软。

和灵魂相通的朋友喝酒，自然也是好的。

我印象深的一次，是个九月，跟几个音乐人，在鼓楼一家叫"钟楼与鼓楼脚下的咖啡"的酒吧的天台上，秋风摆荡，灵魂起舞。

老板是我们的朋友，拿出各款新酒招待我们。

长长的酒匣子，有的一排六只，有的一排十二只，口感和种类都不一样。凭借着感觉，选到浓烈刺激的，还是香甜温润的，需要运气。

像是选择一份爱情那样，考验的是直觉。是桀骜不驯的浪子，还是温厚纯良的暖男，你得亲自喝下去，才能清楚它的味道。

我们玩着随机选酒的游戏，讨论音乐和电影，谈论雾霾与房价。有人兴起讲起荤段子，有人弹琴唱起歌来，松散自由，世界和平。

那些酒也果然神秘，喝着喝着，就喝出幻觉。

那天我们纵情豪饮，记不清喝了多少杯。直到凌晨，非但没有醉去，反而格外幸福。

人做什么不重要，重要的是跟什么人一起做。

那个说不清是夜晚还是凌晨的时分，在我注意到它们的一瞬间，月亮的光，路灯的光，黑夜的暗光，以及即将迎来黎明的日光，所有光芒在那一刻得到了交集，美至极点。

我从未见过夜晚与黎明如此的神交。

旁边还有一桌外国人，投入地交谈，小憩。大概同样因为舍不得离开，他们安静在那里入了神。

那天我站在鼓楼的天台，俯瞰这个城市独有的时刻，美得像是一个假象，却又那么真实。

艾米莉·狄金森曾在书中描述说：如果你也厌弃红尘纷扰，那就自我幽闭于如诗人般的心灵深处，有花，有树，有月光。

几个流连忘返的夜归人，就那样忘我地投身到了梦境般的真实中。

酒让我们发现了我们，又让我们忘记了我们。

在不能拥有真正的对手之前，要学会一言不发地生活。喝酒也一样。
有趣的人愈发减少，于是后来，就养成了独自喝酒的习惯。
把电影、音乐、诗歌，一并映在酒杯里，和心事一起晃动。如今，这样
的时刻，在冗长的乏味生活里，也是属于我自己的特别的小幸福了。

朋友圈里，看到黄燎原的即兴诗。

> 我见到了不算久违的×××
> 他说他现在几乎不喝酒了
> 一瓶红酒要喝三天
> 我突然就失去了与他再约的勇气
> 虽然其实我也不怎么喝了
> 但我还是觉得如果不喝酒
> 人会变得毫无生气
> 人生会变得毫无意义
> 像你老说你爱我
> 可我根本见不到你……

他还说，即使病魔缠身也要喝酒，否则活着就是受罪了。

我说，一看就是喝到了心里。
他说，是因为爱吧。

走心了。

酒后的一些看似痴言醉语，有时比一本正经更有诚意。

有心的人爱酒，爱酒的人也容易走心。

情感淡薄的人，喝酒也是形式。酒喝不到心里去，也就交不出灵魂。

至于酒，不过是盛放精神欢愉，以及保持不对生活失望的一个个瓶子。

而下酒最好的东西，从来都不是菜。是爱。

[5]

世界是苦的，酒也是苦的，甚至女人有时也是。

假如因为有酒有爱，女人可以变得香甜，而这苦的世界，也就变得好上口了。

难道不是吗?

世界的战争是男人，男人的战争是女人，一旦女人香甜下来，世界也就温柔下来了。

现实是道伤口，于是我们饮酒。

但是说实话，酒并不能真正治愈什么，只是饮酒的过程，治愈的是现实对想象的撕裂。

饮酒无罪，只是不可过量。

任何一种美好过量，都会变得丑陋。就像爱着一个人死不放手。

这一点，对于男人女人，都一样。

　　　　　　　　　　　　　　　　　　　　人间不责备

我 们 都 是
迷 途 的 星 星

用一种快乐的模糊性，来掩盖痛苦的精确性，那并不能真的帮助你。

最后你发现，自我骄纵的结果，一意孤行的壮烈，它导致的，不过是让你学会了在疼痛中生活。

我们一旦把人生想象得完美，我们就开始变得很糟。

凡事开不得头，一旦开头便有了重复。
重复变成习惯，习惯变成熟悉，熟悉又带来安全。
时间久了，你就被你的习惯奴役了。

［恐惧］

要想了解一个人，必须要了解他的恐惧。
要想成为更好的自己，也必须首先认清自我的恐惧，并为此奋起一跃。
你强大了，恐惧就小了。

［好习惯和坏习惯］

好习惯让你成为好榜样，坏习惯像个坏少年，我们明知有害，却又贪恋
它带给我们的刺激与安全。
我们对生命敏感，习惯舒适安全。一旦跳出舒适区，就觉得自己受了委
屈，就会冒出一些失序的鬼话来说服自己。

而坏的思维一旦养成，想要回转，是件费力的事。
思维习惯导致行为习惯，久而久之，形成你。
当你开始意识、厌恶，并想要改变时，发现它早已在时间中变得深重难

以丢弃。

久而久之，在脑中自动生成记忆点，累积多了，心理反应会变成身体的反射，一旦遇到类似的情境发生，就会产生双重效应。

永远不要试图把任何责任归咎给别人，自己的状态，始终都是自己一手制造的。

［幻想主义］

很多时候，人们用一种痛苦掩饰另一种痛苦，潜意识里将自己经营得一败涂地的人生嫁祸于他人，或者不可抗力。最终在午夜梦回时心有不甘，把这种不得志，归因为命运的不公。

这种思维方式的死穴，自我认知的偏差，走至穷途末路，是迟早的事。

人人都有不止一次波谷，需要辗转腾挪渡过难关。

假如某种状态持续了多年没有改善，或者持续掉入相似的洞中，那么只能说明，是你自身出现了问题，并且是方向性的错误。

理想主义不可怕，可怕的是幻想主义。

理想可以成就一个人，幻想可以毁掉一个人。

当你深陷泥沼，最明智的事，是勇于承认自己的糟糕，偏激与狭隘，这是体面的。把过错归咎于外界，你将无法继续前行。

世事残缺，皆因人类的残缺所致，你怎么可能不是其中一份子。

［通病］

实际上，用一种快乐的模糊性，来掩盖痛苦的精确性，它并不能真的帮助你。

最后你会发现，自我骄纵的结果，一意孤行的壮烈，它导致的，不过是让你学会了在疼痛中生活。

人永远要有自负盈亏的能力，毕竟，不付出代价就能得到的美好事物不多。甚至就不存在。

可是人们总在吝啬付出，渴望得到。你还没给，就想要。

这是病。人类的通病。

［失序］

一切没有想象得那么糟，但也别以为有多么好。

山林不修剪会荒芜，花草不灌溉会枯萎。房屋不清理会脏，队伍不管理会乱。

我们都被自己宠坏了，习惯做那些让自己安全却可能失序的事。

只是不同精神层次，不同身份境遇，各人失序的点不同而已。

这是每个人都必然面对的，所以也不需要太紧张。

只有一点，没陷入别人的处境，就轻易不要指导别人的人生。
这是作为人格健全的人，必须要懂的基本道理。

[失控]

一个不能理解他人纯粹的人，是因为自身污浊不堪。

相信世风日上，接受自己成为自己的样子。
接受不代表放弃探寻。只有接受，才可能更好地去探寻。
意思是，稳定状态下做一件事，比颠簸状态下做一件事，更不容易令人
失控。

允许一朝万念俱灰，也允许一朝踌躇满志。
人生的进程就是如此，我们对此只能说好。

[向日葵一样的人]

值得学习的，是那些金黄色的、仰望阳光的、向日葵一样的人。
从容生长，阴雨霜雪也不害怕。
善待他人，也会在恰当的时候自我取悦。

不骄傲也不卑微，不妄自尊大，也不妄自菲薄。

偶尔允许自己凋落，也知道最终阳光会照耀在自己身上。
向日葵一样的人，是有魔法的。

［迷途的星星］

读过毕加索一句话，他说，生命的意义，就是找到上天给你的礼物，而
生活的目的，就是把这个礼物送出去。
别花太多的时间，在迷失里打转。
找到其实很简单。
你喜欢的，你适合的，你需要的。无论人还是物，符合了这三点，基本
不会出错。

不渴求成为完美造物，每天只进步一点点。
这个世界有时不大友好，若是发光的同时，还能为他人照亮道路，也不
失为来到人间的最好奖赏。

我们都是迷途的星星，却依然试着把黑暗照亮。

辑 四

孤
独
这
头
小
兽

孤独这东西，不定期浮动，
或大或小，或稀松或稠密。
时间一久，无处着力，
开始沉默，酿成一头小兽。
兽终归有兽性，
关照不好，它就忽然发力，
猛地窜出来，让你失去控制，无所适从。

我们彼此取暖，却又对彼此的孤独无从慰藉。
太平盛世，阳光灼灼，最大的兵荒马乱，不过如此。

孤 独 这 头 小 兽

永远不要因为孤独，就去做一些自我轻贱的事，爱一些就手可得的人。

永远不要因为恐惧孤独，去打乱自己的坚持与秩序。

有些事物的定律是，你不对它好，它就会变坏，在后面给你苦吃。

真正与孤独交手的人，是根本不屑讨论它的。

自己已经活成了孤独本身，再怎么谈论都显得浅薄。

只有缺失什么的人，才会对那个东西充满向往并乐此不疲。

没怎么经历过爱情的人，会热衷与人谈论爱情并喋喋不休。

初级的摇滚爱好者，只是听到摇滚两个字，就已经热血沸腾。

很少旅行的人，见到随便一处风景就要大呼小叫。

而没有经历过更大痛苦的人，生活稍有起伏，就会惊慌失措了。

段位决定一切。

孤独也有段位。

那些与孤独缠绕一体的人，是早就学会了分解孤独的。他们用戏谑的方式，自我嘲讽，插科打诨。其实是反过来的。

假如还有人正式地坐下来，试图与你谈论孤独是怎么一回事，这种段位，也仅仅方便与志趣相投的人消磨时间就好，千万别拿出来与段位更高的人对垒。

孤独这东西，不定期浮动，或大或小，或稀松或稠密。

时间一久，无处着力，开始沉默，酿成一头小兽。不动声色，只是偶尔做些长啸。

兽终归有兽性，关照不好，它就忽然发力，猛地窜出来，让你失去控制，无所适从。

人间不责备

很多时候，我们充满善意，相互温暖，却有一点，对于彼此的孤独，永远都无从慰藉，也无从解决。

人类的多样性，复杂性，矛盾性，导致我们看上去即使圆满无缺，实际上不过是空寥自足。

即便如此，也永远不要因为孤独，就去做一些自我轻贱的事，爱一些就手可得的人。

永远不要因为恐惧孤独，去打乱自己的坚持与秩序。

一时不能找到隐秘情绪的出口，不代表永远不会。

有些事物的定律是，你不对它好，它就会变坏，在后面给你苦吃。

而习惯了有小兽陪伴的人，早就接受了它作为生命的伙伴。

喂养着它，带领着它，去做一些具体的、微小的，甚至充满烟火气的事情。即便不能从根本上解决掉什么，只是和朋友说说话，喝一杯酒，动手做一顿饭，认真修剪一株枯黄的花草，都是消解孤独的方式。

小兽需要安抚。有时在大的情绪面前，小的细节，往往有着想象不到的力量。

每个人不同的生活环境、价值体系、经历阅历，是这些，区别开了不同的个体。

当你与人谈论孤独，你也知道，你所谈论的孤独，与别人谈论的不是一回事。

好的方法是，各自作为世上孤独的一份子，应当分得清，哪些只能独享，哪些可以拎出来分享。

无论世界愈加混乱还是平顺，只要管理好自己内心的小兽，约束好自己的每一个动作，就会减少一些使世界缓慢解体的罪恶。

耐心地填充，慢慢地饱满。

昨夜的孤独已被今日替代，一切不过是幻梦一场。

人间不责备

我 们 无 法 浪 费 时 间 ，
浪 费 的 只 是 我 们 自 己

去经历孤独吧，彻底的孤独是有用的。

那些隐秘甚至危险的时刻，才让我们得以见识那个不熟悉的自己，原来
还潜藏着无穷强大的能量。

孤独作为人类永恒的影子，无论置身何处都难以避开，那么只好尽情
使用。

日光之下无新事。

世间关于时间的消磨，总是一贯乏味，新的一天，总依循着与昨日无异的惯例。

[1]

在城市中的时间，除了一部分用来追求理想以及满足欲望，多数其实是在浪费中度过的。

有人沉浸在自我之中，试图跟世界划清界限，怀揣着无休止的问题打转，像是怀揣着使命那样。

有人迷失自我，沸腾在人群之中，以便确认自己的存在。

盛夏燥热。夜很深了，各种声音还是乱糟糟的。

施工的噪声，汽车的鸣笛，情侣的争吵，伴随着大队伍的蝉鸣。

路边摊，大排档，人们打着消夏的名义喝着冰凉的啤酒，消解心头的燥热，和心事交换着空间相处。

有人开始酒醉，絮絮叨叨着一些反反复复的话。家人打了几通电话也不理会，身体的温暖解决不了内心的孤寂。

酒吧里的驻唱歌手在音乐中忘我，搅扰了安定的居民，吸引了不安的游魂。

纳凉的老年人摇着蒲扇回家睡觉了，他们不理解这个世界已经很久了。

当内心变得无序，直接的体现就是你和世界的关系。

　　　　　　　　　　　　　　　　　　　人间不责备

那些曾经的热爱变成了无奈，曾经的支撑变成了硬撑，这让你恼火又束手无策。

在城市，做到心无旁骛是那样难。

[2]

我一个人，去了海边。

那些日子，除了写作和散步，生命的其余部分，都成了礼节性的存在。

是放逐也是沉潜。忘记了时间与姓名。

我住在青岛的崂山区，一个偏僻的没落会所，房子临海而立。

旁边几户散落的人家，以及一条黑狗，是唯一的烟火气。

地方很大，没有网络也没有电视，只有一个负责做饭的厨师。

我给自己规定了任务，每天若是完不成写作任务，就惩罚自己不许吃也不许睡。如果写得顺畅，倒也没什么好奖励的，无非去沙滩上散散步，在内心里与大海对话。

看到山边有野花，就采一些，插在啤酒瓶里，让大而清冷的房间看上去柔软一些。

作为一个还算年轻的女孩，住在荒郊野外，伶仃一人，说实话，有点难耐。

但世上不付出代价就能得到的美好事物不多，写作考验的就是孤独与意志，在这一点上，我从不惯着自己。

自己做的选择，必须自负盈亏。这是我的人生信条。

就这样试图忘记自我地度日，心有所向，制心一处。看着小说的进度条逐渐被填充，是我对孤独最好的交代。

持续了十几天，环境的单调，荒芜的孤独，让我开始有些想念城市，却也还能自持。

到了第二十五天，我自以为强大的内里意志，被一场外界的意外摧垮了。

[3]

那天，暴雨突至，犹如世界末日。

惊雷连着闪电，像是要把世界劈成碎片。中午就黑压压的乌云，伸手不见五指的黑。

说实话，那一刻我被吓到了。本能地去关门窗，拉窗帘，好比一只大难临头的蚂蚁，慌张地跑来跑去。而后还是惊惶，就跳上床，用被子蒙住脑袋，用纸巾塞住耳朵。我一个人，一个其实胆子还有点小的人，就这样被夹在天地之间，山海之间，毫无防备，孤立无援。

因为暴风雨过于猛烈，电源也被切断，目及之处没什么光亮。只有惊雷，闪电，骤雨，狗吠。

我怕了，或者说有点急了。我大声地叫喊起来，用以释放恐惧。

对打雷的恐惧也是一种生理反应，我不知道是否有人理解。就像恐高一样。

　　　　　　　　　　　　　人间不责备

当然，我也恐惧高度，恐惧速度。如此一想，我的不安全感是极强的。低处的角落，才是我最安心的。

有次在西藏，要过一个两百米高的吊桥。下面就是峡谷，我越是不敢看，男友越是故意逗我说，哎呀你看，翻在底下的汽车都能看见呢。

想到对面去，吊桥是必经之路，除非放弃这段旅行。

那样的情境之下，我想我已经把人生所有的勇气都用上了，可还是走一步退两步，走两步退三步，最后索性死死地抱在桥头的栏杆上，怎么也不肯走了。

途经的人们也顾不得看风景了，只是看我，就足够好笑了。尤其是当地去采虫草的一些藏民，用一种不可思议的轻松，笑着冲我说，路嘛，走嘛。

回头想，这话简直就是人生哲学。

可是很多时候，前路就摆在你的面前，哪怕对面就是你渴望的风景，理想的彼岸，可就是畏首畏尾，不敢迈出一步。因为你被你内心的恐惧吞吃了。

眼看时间越拖越晚，笑够了的游客和藏民们主动过来帮我。

几个人分别架住我的左右胳膊，男友从后面抱着我的腰，我仰面向上，根本无意识究竟是自己走过去的，还是被抬过去的。也说不清是哭着喊着，还是笑着叫着，终于到了桥的另一端时，我感觉灵魂已经脱离了肉体，浑身发软，面色苍白，像个受到过度惊吓而呆滞了的动物，魂飞魄散地瘫在了地上。

男友在旁边一直笑，笑弯了腰，笑出了眼泪，而我一直瘫在原地，生无可恋，没有一丝的表情，怔怔地等着我的魂魄附体。等他笑够了，说的第一句话是，我终于亲眼目睹了什么叫作花容失色。

而我也第一次体验到，传说中的吓傻了，是怎么一回事。

那天的雷雨，对我的惊吓也差不多。

环境的异常，以及毫无任何外物可以寻求的无助，包括连打出一个电话都觉得会和雷电联结。

就那样，不知道在左躲右藏中慌乱了多久，雷电终于平息了。我像个出洞的蚂蚁，探头向外看了看，天色有了一丝丝亮光，只剩大雨倾盆，心中吁出一口气。

那一刻对城市的怀念，比任何时候都强烈。

这个意外让我因自己的胆小而感到恼火，一时难以息声静气，于是就跟那个吓破胆的自己负气——我要回北京。

回到那个被我无数次表示厌倦的城市，回到那个让我感到安全、有着自己气味的房间。

来之前的所有想象，什么听涛读书、倚床泡茶、游泳打渔、秉烛把盏，都因为一场暴风骤雨变成了个笑话。

如此的意料之外，让我突然觉得，意料之中的事，都是顺境。

没有体验，就无从对比事物的两面。

城市，意味着热闹、欲望，同时也意味着人群、温度。

失去任何外物可依的时候，那种孤独，太彻底了。从而也产生新的认知，城市里的有些孤独，从某种意义上讲，原来都是伪孤独。

　　　　　　　　　　　　人间不责备

4

置身城市，假如一时孤独难耐，可以向外伸展。无论任何角落。

约见朋友、上网、看电影、喝酒、去吃最辣的火锅。总之，有无数种方法消解度过。

可是现在，我被孤立在山海之间，什么都做不了。

大海就在这里波动着，甚至彼岸也横在这里。当你直面恐惧，瞬间似乎也成了永恒。

世界在自己之外的界面上被切断，而唯一不令自己失控的方法，就是重返自己的内心，彻底感受这孤独。

我定了定神，决定跟自己玩个游戏。

就在暴雨倾盆的情境中，我在床铺上坐定，盘起双腿，试图冥想，让自己消失。

闭上眼，试图观望内心深处，用力地打量自己。

当然打坐并没有那么容易，何况在那样极端的一个处境下。各种声音在干扰我。

雨水的滂沱，海浪的呼啸，狗的狂吠，洗手间在滴滴答答地漏水，以及内心各种庞杂的呼喊，重重叠叠将我的耳朵与心房占据。

我失败，再尝试。失败，再尝试。

在彻底的孤独之中，我把自己彻底地置于无助，以便彻底地自我见识。

如同一场自我手术。

一次挑战，显然不会轻易就能成功。

但有些事情是这样的，你因为某些刺激，激发了新的意识，你按照意识的引领去做了，即使最终没有圆满，你也会在过程中受益。

所以每经历一次挑战，内心某些陈旧的东西就会被更新。对于身体，不通则痛。精神也一样。

矛盾和恐惧减少了，你的心灵就会自由和宽广。

[5]

那天雨停之后，我给那个地方唯一的一个人——厨师，打了个电话。

我说，你炒两个菜吧，我下去找你喝点酒。

那个朴实的青岛男人，准备了一大捆啤酒，炒了两个分量足够大的家常菜，拿出自家腌制的香肠。他把他作为厨师的价值尽量发挥到最大。

就这样，在一个陌生之所，和一个陌生的男人，吃着香肠喝着酒，就着一些简单日常的交谈，在一场暴雨的洗礼之后，度过了一个心绪难平的下午。

如若谁要再说，自我可以遗世独立，我是不大相信的。

人类太容易孤独了。

人类终究还是需要同伴的。

我很感谢那天那个厨师的陪伴，犹如寒夜中的火光，让沉至海底的我，得见一丝光亮。

酒毕，那个淳朴的老乡，甚至有些羞涩地表示，认识就是缘分，希望留个我的联系方式。当然，我没有理由不给他，可是后来，回到城市，我自然是没有时间将那种礼貌性的聊天持续下去。

与他们相比，长久生活在城市的人，无论如何保持善意，还是会轻易暴露了因过多关注自我而丢弃掉的朴素之心。我知道，这很不可爱。

愿上帝保佑这些温厚纯良的人们。

上帝让他们承受了物质的匮乏，却弥补给了他们最宝贵的快乐。简之又简的生活，让他们轻易就获得了满足。

而内心简单又繁复的我，回房之后，独自喝到昏沉睡去。

一瓶一瓶的啤酒灌下去，清醒的防线如门锁滑落，我就像是一个饱满的气球，因为泄气而一点点瘪了下去。

[6]

如果有人喜爱冒险的生涯，他们注定成为人生这场试验的赢家。

然而几乎整个人类的弱点，是宁可在熟悉的缺陷中挣扎，也不肯走上一条陌生的新路。

五天后，一个月整。我收拾行囊离开。

带着海水的潮湿、书写的文字，以及一个比出发前更加厚实的自己。

离开时，我看向大海，心中想，人在时间的河流中，究竟要变换多少姿势，才能不被河水呛到。

去经历孤独吧，彻底的孤独是有用的。

正是那些隐秘甚至危险的时刻，才让我们得以见识，那个不熟悉的自己，原来还潜藏着无穷强大的能量。

而长久地身处城市与欲望之中，那些已成习惯的伪装坚强，不过是张涂脂抹粉的脸。厚重的面具之下，人们变得耳聋目盲，忽略了那些只有用心灵才能听到的声音。

野花的开放。海水的涨落。音乐，像一把刀子扎下去的声音。电影，像眼睛流出眼泪的声音。一个笑容的绽开。深夜的祈祷。星星的歌唱。一行文字的跳动。

那些天，离开城市的我，独自一人，在一个荒芜之所，把喧杂之时从未感受聆听到的一切，悄悄藏在心灵的抽屉，落了锁。

孤独作为人类永恒的影子，无论置身何处都难以避开，那么就尽情使用吧。

与跻身喧哗相比，把自己扔到彻底的孤独里，才是生命中最为高效的时间。

即便是恐惧、自省、升腾或者别的什么，它至少还有一种功用，会启示我们说，我们无法浪费时间，我们浪费的只是我们自己。

我 们 彼 此 取 暖 ，
却 又 对 彼 此 的 孤 独 无 从 慰 藉

我们赤手空拳来到世间，什么也没有。

贪恋美好，苦心创造，勇于冒险，尝尽黑暗。

可是太平盛世，阳光灼灼，最大的无能为力，却是我们彼此取暖，却又
对彼此的孤独无从慰藉。

孤独是秘密，是真相。

在孤独面前，一切句子都是谎言，一切表达都是欺骗。

有着孤独内核的人，自知而清醒地掩饰着一切，尽力在人前展现一个漂亮的自己。逢夜深独处之时，孤独之深之无望，也大概只有自我才清楚。

好比我强忍恐慌，来陈述我的孤独，可你听到，并记住的，不过是一些孤独的形容，孤独的名称罢了。

真正的孤独，永远在这些词汇之外，只可臆断，无从测量。

孤独是个隐秘的事件，甚至还伴随着一些痛苦的特质。

带有痛苦特质的东西，只能是一个秘密，无法同人共享。

一个画家朋友，功成名就，但填补不了他孤独的特性。

他大部分时间都在工作室待着，画画，发呆，或者接待朋友。他说只有在那个地方，他的焦虑才能被缓解。

有天突然过来找我，多年的默契，让我一眼就看出了他有心事。掩不住的焦虑，心神不宁与假装高兴相互冲撞着，却对自己的心事只字不提。

他只是不停地抽烟，似乎那样就能把不安烧毁。

我煮了一壶黑咖啡，我们一杯一杯喝下它。

直到咖啡被喝光，正午的阳光向西滑落，习惯了要强的他还在强撑。聊些不痛不痒的话题，彼此间的近况，但其实是心不在焉的。

我有点看不下去。说，其实你这样并不好，有事喜欢自己憋着，当心出毛病。

即便被识破，他还是硬撑，笑得勉强，说我没事，挺好的。

我没事，挺好的。

这句话早已成为都市人的日常伪装用语，承载着只有自我可见的隐秘与痛苦，在内心无度地累积与生长。因为早就没有了年轻时的浅薄与妄想，在世间摸爬滚打，历经爱恨情仇，早就知晓了一个道理，有些事情，只要活着，就会存在。

所以经历多一些的人，也就懒得向谁掏心掏肺地倾诉了。

人之所以自成同类，是因为体恤与理解。

越是习惯强大的人，越容易被自己的强大欺骗。他们从不愿意正式地谈论愁苦，直到后来，他们已经变成了无法做到向旁人倾诉。独有的抗压能力与过大的压力产生冲撞时，他们也只是插科打诨地，找着不痛不痒的方法缓解稀释。

这很不可爱，但旁人又毫无办法。

要强人的心事，即使看破，也不能戳穿。别人不想说，我自然也不会追着问。

成年人之间的礼仪之一，是要懂得对方的特性和底线。

只是那种强烈的孤独气质骗不了人，仿佛每个毛孔都被充满了。身边人心疼，却也无从慰藉。

桌上有盒糖。为了缓解压抑的气氛，我起身取出两块。

我说，来吧，人生很苦，我们吃糖吧。

他哈哈笑起来。

他一笑，我就知道他懂了。

面对冗长深重的现实，它教会我的是戏谑和自嘲。

然后两个各自怀揣心事的人，像是两个幼稚的小孩子，没人提起血肉模糊的现实与过往，哀怨与欲望。就着一些玩笑与家常，一块又一块，吃光了那盒糖。

日光下沉，暗夜晃动。

我们没有交换任何心事。

我们面对孤独，谁也无能为力。

世事颠簸，人人都在走钢索，越强大的人越沉默。

每个人在自我中惯性滑行，不知不觉，活成一个深渊。

对人说的，只是能说的。不能说的，也只能在内心沉默积淀，郑重生长。

我们赤手空拳来到世间，什么也没有。对于他人的苦衷，我向来善意分担，尽心体恤，但也从中警醒，从每一个相近的灵魂之中照见自己。

那天，他起身告别，眼带的笑意，藏着被人体恤了的慰藉。同时，我看到那笑意背后的无奈，是清楚这种温暖，也不过是一时慰藉。

在这一点上，大家都是一样的。

谁不是得到慰藉过后，自己转身重返人间的战场。而哪个漂泊的人，又没有过在暗夜孤独，如同行走迷失的森林，而丧失了优雅呢？

我们都贪恋美好，苦心创造，勇于冒险，尝尽黑暗。

可是太平盛世，阳光灼灼，最大的无能为力，却是我们彼此取暖，却又对彼此的孤独无从慰藉。

不疼就触碰不到柔软，
不爱就解决不了贫瘠

人在众人之中，显得渺小。

爱在更多的爱中，也总是显得贫乏。

究竟物质的穷困和精神的贫乏，哪一个才是真正的苦难？

写故事，其实还是写人。

有人，才有魂。

我天南海北，游历四方，却偏偏喜好穷乡僻壤。

所谓景区的热闹，与人文风情的美，是远远无法相比的。

最原始的地方，生长着人们最朴素的面貌。

那次的游历是在云南。

朋友介绍着朋友，转着转着，不知怎么就转到了一个据称是当地亿万富豪的晚宴上。听说我是北京来的作家，富豪也很豪气，以最高规格接待，日以盛宴，夜以笙歌。

当地几乎所有上规模的产业都是他的，所以从吃饭到娱乐到睡觉，在酒店足不出户就解决了。不见天日地过了三天，我受不了了。

我对他们的热情真心地表示感谢，但同时对这种生活真心地感到厌恶。

我说，我想去你们最原始的地方走一走。

云南人热情，几个电话下来，就锁定了一个地方：娜姑镇，百雾村。

他们的思维习惯，还是要看风景，说那个地方的早晨，可以看到一百种雾弥漫。

他们的描述直白，却让我有了神秘的想象，起码算是天然景观。我说好，我去。

这一去，留下了非常难忘的记忆。

因为地方实在偏远，无法自行抵达，朋友安排了车子和接待。

而我看到的所谓接待，不过是村主任和书记换了一身干净的衣服和鞋子，早早站在村口迎接，晚饭在村主任家杀了一只鸡而已。

但恰恰是这种偏远与朴素，其中的经历和遇见，超出了我的想象，成了此行最大的收获。

村主任是很典型的云南人样貌，结实，黝黑，一件发黄的白色衬衣，扣子齐整地扣到脖颈，以示庄重。始终带着一股局促和憨笑，长在他脸上一般。

他们带我在村子里转，略有学识的书记努力地介绍他们的历史。

拘谨的热情对他们来说是本分，而我的本分，是天生对弱势群体有着本能的亲近，尤其是老人和孩子。所以他们越表现得质朴，我就越想与他们亲近，或者说，想为他们做点什么。

村子很小，极其破旧，几乎全部是泥土盖建的房屋，瓦房都少见。

青年人多数外出打工，村子里剩下一些很老的老人，和流着鼻涕张望的小孩。这意味着，这里是个丧失了创造力的地方。

我冲孩子们打招呼，他们有些惊慌，转头跑开，旋即又忍不住好奇跑回来。远远地看着他们在这个村子里没见过的人，流了很长的鼻涕也不管。

途经一个失修的教堂。

一座歪歪斜斜的房屋，倔强地支撑着一个大大的十字架。我看着它隐没在这座大山中，想到它曾给这里的人们带来过慰藉，心中有种肃穆的感动。

我在内心默默做了祷告。驻足时，屋顶上有一群鸽子扑啦啦落下来。

随便地走着转着，我看到一个不同于其他土房的高门大院，好奇，就径直走了进去。

房屋结构有点类似北京的四合院，一门几户，但内里破旧，显然不如门面。

正对着大门，一个大婶正在晒干草。我冲她打招呼，她报以热情回应。

但迅速地，有种特殊的景象，把我的目光吸引了去。

一扇脏到发黑的木门，一位白族老婆婆倚门而坐，她穿着一身白族的粗布蓝色衣裤。看不出年纪，只是很老很老的样子。

她端着一碗饭，正快速地咀嚼。看见我，主动热情地招呼，握着筷子的右手冲我一扬，说，来请饭喽。

她说的家乡话，我听不懂。旁边大婶解释说，她让你过去吃饭。

我很高兴，挪动脚步，走上前去。

一靠近她，我就失控了。

完全没有任何过渡地，眼泪喷薄而出。

老人因为没有了牙齿，嘴巴在面部深陷下去，附在她周围的一切都是静止的，唯一的动作，是她深陷的嘴巴在不停地咀嚼，速度非常之快。

说是咀嚼，不如说在用牙槽上下捣动。

她的脸像颗老核桃一样布满沟壑，但被热情和微笑填满。

她看上去非常满足。仰头望着我，笑开了花，招呼我，拿着筷子的手，指指饭，指指我。

而就在她招呼我吃饭的时候，我看到的是，她的头上脸上，落满了苍蝇。她仿佛丝毫不计较它们的存在，不挥赶也不恼怒，满足地、专注地吃着一碗稀稀拉拉的白水泡米饭。

脚边的地下，放着一大盆用水泡着的米饭，不知是她几日的餐食。从颜色看，已经很不新鲜了。

饭盆旁边挨着的，是一盆黑乎乎的猪食。两头小猪被围在距她不到一米之处的床边，哼哼地拱叫，和主人一样快乐。

总共不足六七平方米的小屋，黑暗，没有窗子，只能从门口透过微弱的光线。

一张床，一口锅，两头猪，是她的全部家当。

可她看上去那么快乐和满足，一直仰头看着我，眼带笑意，重复着那句：来请饭喽。

人性的本能，内心的悲悯，苦难的见识，在那一刻瞬间全部决堤。

我一下子脆弱，就呆立在那里，眼泪决堤一样地往外涌，不能动弹也说不出话。

我被这老人惊到了，一旁的村主任和书记被我惊到了，回忆起来，那个场景非常尴尬。

书记终归是见识多一些，试图做着缓解。他一会儿向村主任解释，作家嘛，情感都比较丰富的。一会儿又冲我说，你们城里人，没过过苦日子的，这婆婆无儿无女，我们有时也照应她的，习惯了习惯了……

一句习惯了，就解释了一切。

那时我像个木头，心中像堵了块石头。如鲠在喉，感觉全身都僵住了。

我不知道自己的失控持续了多久，很努力地做着平复。当我可以开口说话时，我问村主任，你们这里有没有小卖部？

有有有。一直试图缓解尴尬未果的村主任，即刻明白了我的意图。他侧过身子，说，走走，我带你去。

除了买一些吃的给她，我不知道自己还能做什么。

我的渺小让我毫无用处。

去往小卖部的路上，村主任跟我讲，这个村子的年轻人都出去了，剩下的一些老人，老伴也走了，或者孤儿寡母的，我看到的，不是什么稀奇的事。

我说，还有没有像她一样的，也带我去看一下吧。

村长说还有一个人，我们也都照顾她的。

我在小卖部买了一些绵软且好消化的蛋糕、奶粉、水果之类，一式两份。

给刚才那个婆婆送去的时候，她的淡定令我钦佩。她像招呼我吃饭一样把东西收下，一样的自然，一样的热情。一副宠辱不惊的样子。

落在她身上的苍蝇，她喂养的小猪，探望她的人，在她心中，大抵都是一样的，并无分别。

没有分别心，一切皆是幻。最高智慧，也无非如此。

村主任带我去的另一处，说是一个家，其实就是一个人，一间屋。

一扇紧闭的木门，又脏又黑。没有敲，也没有喊，被村主任直接推开。

房间里一片漆黑，没有光也没有灯，后墙上唯一的一扇小窗，也是被封住了的。

人间不责备

屋子里是个双目失明的老人。

我们进去的时候，她正安静地坐在床边，闭合着双眼，没有表情，不能判断她的情绪。

听说有人来，那老人突然就抓着我的手哭起来，她干瘪的眼睛里并没有眼泪。我看到她右眼的眼角处，不知哪日撞到了什么，磕掉了一块肉。伤口特别深，还结着鲜红的痂。

我的心再一次地被揪紧了。而我唯一能做的是，拿了一块蛋糕，剥去包装纸，放在她的手中。我说，你吃点东西吧，吃东西吧。

她也不吃东西，只是紧紧地抓着我的手不放，像是抓住了什么希望一样，嘴里不停地念着，苦啊，苦啊。

当晚，在村主任家吃饭，村主任吩咐媳妇杀了一只鸡。

村主任介绍着这个村子没落的苦衷，因为太过偏远，不能通车也没有人愿意来投资建设。那天的我心情无比沉重，也感到自我无比渺小。我答应村长说，任何时候，只要我有能力，都会给你们这个地方做宣传。可能作用非常微薄，但只要能给你们带来一丝希望，我就不遗余力。

村主任和村主任媳妇感激涕零，一直让我吃鸡。

野生的土鸡味道很好，可我难以下咽。

那个满身苍蝇的老人，那个眼睛受伤的老人，以及更多我没机会见识到的苦难中的人，我在心中臆测着他们，每天在想什么，孤独如何排遣，是否还有感知孤独的能力？还是以为，这个世界本就是一片黑暗和孤独呢？

而我，以为自己是一个爱的使者，可面对她们，我什么都做不了，除了亲眼看着她吃下去一块蛋糕。

对她们的一生来说，这一点点，太少太绵薄。

人在众人之中，显得渺小。

爱在更多的爱中，也总是显得贫乏。

回到北京，我的心情沉重。

再看周围的一些人，衣食富足，欲求不满。被各种疯狂和欲念充斥，丧失了本心和本性。他们似乎不屑也不愿意去了解另外的世界，了解那些还吃不上饭的人。

他们被自我的欲望占据了，再也没有爱去分配给他人。

所以我在想，究竟物质的穷困和精神的贫乏，哪一个才是真正的苦难？

我得不出答案。

或许唯一能得到答案的，就是爱。

生而为人，即便心中有爱，都难以做到真正的馈赠。心中无爱，恐怕才是真正的苦难。

人间不责备

一 烛 一 人 一 灵 魂

人都是在夜晚老去的。

诗人写诗歌，是在夜晚寻找新鲜词语的。

眼泪是在夜晚流下的。美好的爱情，多数也发生在夜晚。

一个女人和一个男人，也是在一个夜晚，经历了身体和灵魂的交换之
后，自此成为那个夜晚的囚徒。

我们独处一方，各与各的夜厮守。

那是不一样的夜光。

它只说真话。坚持。哀愁。

向灵魂还债。

[1]

关于一个人和深夜的故事，毫不稀奇。谁都有过经历，正在经历，也必将经历下去。

一个人与灵魂对话的时光，不会强行发生，它是一个有灵魂的人，必然经历的时光，是常态。

白天的大幕一拉，暮色四合，故事就在酝酿了。

这个夜晚，你将去赴约，还是独处，你的潜意识会给你一个指令。而这个指令，就是决定你思想行为的国王。

我通常得到的指令，是独自一人，与深夜相处。

对于一个情感丰富的人来说，夜晚是极具魅力的。

人都是在夜晚老去的。

诗人写诗歌，也是在夜晚寻找新鲜词语的。

眼泪是在夜晚流下的。

有心事的人，也是在夜晚，把心事扔进酒杯里晃动，把自己和世界晃到昏沉才肯睡去。

　　　　　　　　　　　　　　　人间不责备

美好的爱情，多数也发生在夜晚。一个女人和一个男人，也是在一个夜晚，经历了身体和灵魂交换的夜晚之后，自此成为那个夜晚的囚徒。

深夜充满弹性，在它里面发生的一切，值得在日后的时光反复咀嚼。咀嚼一场失散的爱情。咀嚼一部悲伤的电影。咀嚼成诗，成歌，成自我的营养。

我有一个朋友，叫张过年。他是个很会唱歌的歌手，常常失眠。
他说他失眠的时候，就在旁边放着《深夜食堂》。虽然听不懂日语，但是有那些只在深夜发生的故事陪伴着，自己似乎就不那么孤独了。
后来他听得多了，就对片尾曲有了特殊的感情，就把铃木常吉的《深夜食堂》填了中文词。给我听小样的时候，这首歌还没有名字。我听了非常感动，说，不如就叫《深夜的歌》吧。
深夜承载了许多人的故事，容纳了许多人的悲欢，值得送一首歌给它。

[2]

白天，人们在日光下忙碌，被琐事绑架。直到月亮挂起，才得以回到自我。
这个时刻，黑夜替你隐去万物，一烛一人一灵魂，你看见真实的自己。
回归，省察，审视。在白天竭力隐藏的漏洞，到了夜晚显得破绽百出。
你甚至开始怀疑，白天那个更体面周全的人，是不是有点硬撑了。

那也是没办法的事。人从成年开始，就被坚强的幌子欺骗了。

失意落寞时，也只能是在夜晚，揭下面具，用明晃晃的刀尖剖开自己，看看还有多少冷和热，是否还有足够支撑奔赴战场的能力。

有时候我觉得，活着这件事，是一刻不容迟疑的。次日醒来，无论前夜是否有伤口，都要用漂亮的衣服包裹起来，掩盖虚弱，重新向人展示那些明晃晃的漂亮羽毛，使得别人看待自己的眼光更好一些。

我相信有人是真的坚强。但日夜交替的游戏也的确会让人上瘾，因为表象总是比真相看起来漂亮些。

所以夜晚，通常显得凌乱而不够体面。

时代的逼迫，导致人们不得不学会了聪明和伪装。

尽管通过深夜逃避的方式不大可靠，可自欺欺人久了，连自己都不肯费心拆穿自己了。

而习惯在深夜独处的人，心底自有他的苦衷。

[3]

事实上，有很多人是恐惧深夜独处的。

我另外一个朋友，很多年了，都无法克服恐惧深夜的毛病。在她单身的时候，每到夜晚来临，她就如同掉入了黑洞，开始张罗大家消磨时光。

我劝告她说，即便是恐惧，你起码可以试一试，就像尝试交一个朋友那样。一旦学会了与自我独处，其实是一件非常享受的事情。

无论我怎样劝说，她都无法与夜晚达成和解。

大概她早年被什么伤害或者影响过，她自己也梳理不清，只是条件反射一样地，夜复一夜地，用力把夜晚推开。

有人所谓遇事夜不能寐，是当他遭遇某种情境时，那种情境的主导情绪就会变成他思想的中心，走到光束下，其他人格都瘫在黑暗里睡觉。

而经历过更多黑夜的人，也都是直面过来的，早就学会辗转腾挪，转移精神。如果真有个悲伤的小人儿躲避不开，那就和它共处，一同登台唱戏。

由于写作的原因，我早就学会了独处。有朋友说，你身上有一种夜晚的气质。

夜晚的气质，如果不是有点神秘，就大概是一种不大高兴的气质吧。

是的，我是个不大容易逸乐的人，稍有逸乐，哀愁便争先而起。

所以通常在夜晚，我会跟自己喝一点酒。酒到七分，就想，有什么好哀愁呢？大不了，把美好与慈悲给你，把杀戮和疼痛给我。做一个悲伤时就去仰望星空的人，把心碎变成艺术的源泉，也是一种价值。

来路还长，不必掉在甜里，也不必掉在苦里。

有时候我坐在阳台，张望弥天的高楼，望着每个窗口透出的光亮，想象，揣测，在心中默默为它们编一个故事。

世间从来不缺故事，但我总觉得，故事里的人，缺乏了那么一点想象力。如同人人都喊着要结识有趣的灵魂，自己却身体力行证明的是，尚且年轻，身体里却住着一个浑浊世故的灵魂。苍老的身体里，藏着一个明澄纯真的孩子，是少见的。

用来自我省视，夜晚是最好的时间。

这样的宝贵时间，如若用来腥臊娱乐，灯红酒绿，人是会变浊的。

[4]

萨特说，夜晚和星空是值得花时间的。例如，一个可爱的星空，以及我在那个特别的夜晚得到的东西。那儿有一种完全满足的时刻，有着我正凝视的这个天空下面的东西。我是那个看着星空的孤独的人。

他还说，我们来到世上，不是为了享乐，而是为了清账。

清账，和我说的向灵魂还债，大抵是一个意思。

你所有的得到，都是要还的。世上没有任何一种得到是平白无故的。

你要他人爱你，你首先要去施与。你想要获取智慧，那么夜晚的独处犹如灵魂拷问，会让你得到不少好处。

上帝给予人类的恩惠在于，我们每一个人，站在每一天的每一个时刻，都那么渺小，却又是那么重要。

作为无穷的一部分，作为孤独的瞬息，你已经从生活中得到了一切，只是大多数人还不知道。

而对于这种恩惠的最好回报，就是你必须醒着，直到每一个故事结尾。

　　　　　　　　　　　　　　　人间不责备

浪 子 有 毒

浪子在每一段关系的开头，就已经预感到终结的模样。

他永远在投入的同时抽离，在水乳交融的时候孤寂。

他必须要把自己一切关系的活路切断。

他才是一个真正享受孤独的人。

人世间有那么一类人，天生对危险的东西着迷。

因为一切危险的东西，都比安全的东西更能带给人快感。

而危险之物中，有一群特殊物种，叫作浪子。

浪子，是流氓之中最为高级的一种。

不是随便的拈花惹草，暧昧成瘾，都能叫浪子。浪子与渣男最大的区别，是浪子受控于灵魂，渣男受控于欲望。

有个好灵魂作底，再以简单的爱恨分界，都显得境界不够了。

浪子，通常有才华，有见识，有原则也有底线。

他在某一个行业领域内，有所造诣，事业尚算成功。内心有足够的善意，但表现出来，又像是与人保持有效的距离。他浪漫，多情。表面强大，内心孤独。

他极力掩饰着所有缺点，让自己看上去完美无缺，而这，恰恰正是问题的所在。

完美是他的面具，内里隐藏的，是旁人窥不到的脆弱、孤独和无奈。这苦心制造的人格面具，其实是由于个人成长带来的防御机制。

没有办法维持一个健康的、长久的情感关系的人，内心都有着类似的疾患。

孤独是一定的，并且包裹得很深。深到神秘。

段位不高的人测不透，可一旦棋逢对手，难免惺惺相惜。

被他吸引，就意味着被他伤害的开始。

人间不责备

可要命的是，一旦与这样的人交手，就会来势凶猛，让你神魂颠倒。而无一例外的结局，多是走过炽热痴缠，徒留无尽哀怨。

并且伤口经年不愈，像是一个刺青，就算褪了色，也不能彻底清除干净。

没人能留得住一个浪子。

但似乎也没有足够的理由去责备一个浪子。

张爱玲没能留得住胡兰成。

刘若英没能留得住陈升。

艾米莉·狄金森也因为爱而不得，在诗中写道：你要忘却他所给的温暖，我则要忘记他给的光明。

窦唯也被人称为浪子，但同时大家又自发地找理由为他开脱。

由于精神在这个时代的过度贫乏，而往往浪子又与才华密不可分，导致人们不得不丢卒保车，也变得宽宏大量了。

浪子还有一个武器，是真。

他们之所以不那么被唾弃，是因为他爱的时候是真的，不爱的时候也是真的。

爱情是自由的选择，而人们对于真的东西，通常毫无办法。

浪子在每一段关系的开头，就已经预感到终结的模样。

他永远在投入的同时抽离，在水乳交融的时候孤寂。

他必须要把自己一切关系的活路切断。

他才是一个真正享受孤独的人。

而喜欢孤独的人，也必定喜欢爱情。

只有在爱情之中，他们才能最圆满最深刻地体会孤独，而且还得是那种不可成就的爱情。

所以他永远不会只爱一个人，他想在许多人身上印证自己的孤独，在无数个怀抱中确定自己的魅力。占有过却不拥有，对他们而言，大概是有快感的。

浪子爱别人，往往都是他爱自己的延展。

永远寻找爱情的人并不满足于爱情。

因为世上根本没有他想要的答案，也没有能够止住他渴欲的圣泉。

当然他们之所以段位高级，在于他们看上去并不是轻浮的胡闹。

浪子是有心灵的。

他们工作认真，待人也诚恳，只是内心的疾患或者个性，导致了他们更爱自己。只爱自己当然是乏味的，那意味着自我的魅力无法得到更多的认同。于是疲倦之时，需要去爱一爱别人，或者被别人爱一爱。

也就是说，他需要在许多人的怀抱与自我的世界中拉锯，浪的级别才够完美。

他们当然也不是什么姑娘都爱。

他们有独特的品位与审美。他们能看上的姑娘，通常也不是庸常之辈。

只是长得好看是不行的。气质要好，身材还要好。不能庸俗，要有一些思想和才华，但不能大过他。那就缺乏了掌控的快感。

要独立，也要温柔。不能黏着他干涉他，但又不能不在意他。必要的时候，还要仰视并赞颂他。

自私与自我，是他们的通病。

所以浪子，经常自视为王。

有了王的气场，也就有了俘获众爱卿的本领。

一旦爱上一个浪子，再自持的女人，基本也没了德行。

纵然知道他有百样好，只是少了一颗心，纵然他有时像一则律法一般无情，纵然明知他爱自己胜过爱你，但每次和他在一起，都不妨碍他是天下最完美的爱人。

没有女人不为这样的爱情迷失。迷着迷着，就迷到了失魂落魄。

如果与庸常男子分别是切肤之痛，那么与不羁浪子分别就是剜心之死。

因为灵魂的交合，上等的爱情总是珍贵，可是他忽然地保持距离，就等同于宣布了爱的终止。那感觉，像是被剥夺了生命的某种权利，活在世上，却不再是一个享有发言权的公民。

这就是一个浪子的魔力。

以上种种，听来像是肯定，但撕开一切的包装和外衣，浪子，不过是一个被赋予了过多幻象，却终究滥俗可笑的意象。

说白了，一再掉落不同情网的人，都是过于爱自己的人。

无论他的才华与功名如何显赫，个性如何狂傲，落到地面，往往敌不过现实的一个关卡。

他们不是在戏弄爱，他们是在惧怕自我。

因为早就清楚了自己的能力，给不了别人安全和未来，所以很怕惹火烧身。

即使不小心动情，也会强力克制，在夜深的辗转时刻，摆出自己建立的那套坚不可摧的价值体系，执拗地说服自己，这个情，不能动。

可是浪子，往往也毁在多情。如果没有过剩的情感驱动，他也早就安定在一个女人的怀抱，而不会掉入不同的情网了。

所以，从悲悯的心态看，没有谁不值得同情。

万宗归一，浪子有毒。

这个物种，是让人快乐与痛苦都最为极致的一种。

如果你还没有遇见过这样的人，浪子会让你增长见识。假如你曾经因此中毒，那么要克制，不要陷入再一次的劫难。

最后说，一个高级别的浪子，一定不会只伤了你的现在，一定还会伤了你的未来。

因为一旦经过那样的交手，再去和平庸无奇的男子恋爱，任何一种，都像是寡淡的吃食，让你即便有心甘愿，却又爱不起来。

每 个 秋 天 ，

都 欠 我 一 个 故 事

遍地开满了故事，而我还是有一点点贪心。

我不想等了，在秋天与你挥手作别。你很沮丧，向我抱歉，说你自己也

搞不懂为什么，总是喜欢自讨苦吃。

而我，已经开始学习不再以等待度日。

靠窗，坐在落日的黄昏下写字，一阵凉意。

心中有荡漾摆动。我知道，是秋天来了。

最不喜欢的夏天一走，像是终于跟一个黏糊糊的恋人分了手。

夏天热得人不安，喝掉不少酒，看心事在杯子里晃呀晃。

喝呀，晃呀，眼睛流不出泪，就躲去心中成了诗。

可惜日子，不如诗。

秋天是诗。

耐心走完每个四季，就为了等一个秋天到来。

秋天是为多情的人准备的。

秋的夜，蟋蟀在丛间歌唱，诗人在看云。

而我一觉醒来，站在窗口发现树叶颓然凋落，仿佛一段不经商量就自作主张离场的爱情，竟然有种错过的失落。

树叶忽然凋零，爱人兀自离开，故事戛然结束。万物无常，是为常态。

于是我只能重新期盼。

期盼下一个秋天的到来，期盼下一个恋人的出现。日子变成了一个愁嫁的姑娘，蒙上厚厚的蓝色盖头。盼啊，等啊。

盼与等又不同。

小时候最多的心情是盼，盼父母回家，盼过年的新衣，盼长大的恋爱。

成年后，多数时间在等。

等一个时机带来改变。等一个项目运作成型。等一笔钱进账。等一场酒醒来。

等一场美好的爱情开始。等一场悲伤的梦结束。

等一个时代变好。

等一个自己脱胎换骨。

这样一说，就觉得盼是糖，是喜悦。等的味道，多少有点苦涩。

终于等来了你，我们在浅秋之时相见。

黄昏，你打量着我，还有孩子式的羞涩。我打量着秋天，你院子上方的天真蓝。

你的院子种满了花。你养的花比你从容，一副并不留恋盛夏粲然也不畏惧深秋萧瑟的样子，放肆地开在秋光里。光透过树影，层次分明。

屋角有青瓦。天空像诗一样蓝。

你的猫爬上了树，又跳到房顶，轻蹑地走动、匍匐。瞪着眼睛，假装偷听我们的心事。

它真是自作聪明，人类的心事你怎么懂呢?

你我同样作为人类，我都搞不懂你，你也搞不懂我。

我们只能等。

等到了第二年秋天。

我不想等了，与你挥手作别。

你很沮丧，向我抱歉，说你自己也搞不懂为什么，总是喜欢自讨苦吃。

而我，已经开始学习不再以等待度日。

仔细想，人的许多时间和能量，都是在等待中度过的。

等待既真实又虚幻，既不能坐实，又无法抛却。像是夹缝中的种子，发芽还是夭折，只能等等看。

放弃了等，基本等于放弃了未来生活的可能。可一旦成熟地看待世界，就发现许多事情急不得，实在要等。

立了秋，天还是那么热，只能等它慢慢凉。

丢了魂，日子还得继续过，只能等它慢慢附体。

人终于被磨炼得意志强大，就是在与时间的并行中确立的吧。

等的经验多了，就发现了等的技巧。

不要坐等，傻等，要流淌起来，喜悦地等，松弛地等，用盼的心情去等。

即便最终没有如期所遇，在流淌的过程中，也会发现新的流向。

不是只有一条溪流才能流向大海，也不是只有一个故事经过秋天。

终于，那天夕阳温柔，那么繁华的街头，你站在秋风里，穿着格子衬衫和马丁靴，就那样不可一世地站在秋风里，朝向迎面走来的我深深凝望。刚好起的风，吹起你的头发，都吹乱了，你动也不动一下。

秋风里传来特别的香气，我知道，你终于懂得了珍惜的含义。

你眼中万古忧愁的颜色染上了我的心，仅仅只是张开怀抱，深秋就吞没了我们。

这个故事并不圆满，却足以让缝补心事的人爬出悬崖，浪迹天涯的人识途归家。

谁此时孤独，就永远孤独。

就醒来，读书，写长长的信。

在信中为每个故事打上编号，记下每一个人微笑的样子，以便在世间这片大森林里，当你站在我面前，看着我时，不用说话，我也能够准确地认出你来。

遍地开满了故事，可我还是有一点贪心。

总觉得每个秋天，都欠我一个故事。

我对故事感到着迷。就像是对你一样。

生命作为时间中的一个停顿，一切的意义都在它发生的那一刻。所以爱一个人就要说出来，不要等。

下一个秋天，还有新的故事要讲。

有能力爱，才有能力别离

我们来到这个美好的世界，

彼此相逢，

彼此相爱，

并结伴度过一段短暂的时间。

然后我们就失去了对方，

并且莫名其妙地消失了，

就像我们莫名其妙地来到这世上一般。

拒绝礼貌性相爱

要想爱情的寿命长一些，你首先要清楚一件事。

依赖，是习惯肉身的温暖与陪伴。爱，则是难掩内心的欢喜与震颤。

没有骨头的爱情，早晚会因血肉的枯萎而面目模糊。

爱不是一种礼貌，爱是一种遇见。

人间不责备

大家都是同一种动物，有人爱才能活。

你们都需要爱，刚好又孤独，于是在一起。

大概许多人都有过这样的经历。在真正的爱情到来之前，像是沙漠中干涸的植物，期待，幻想，沮丧，旺盛地生长在绝望的土地上。

等待未知的过程，像是摸黑走路，不知道哪一脚会踩到坑。

夜黑的时间有些长了，独自等待的滋味不大好过，于是开始尝试接受一个人。

有人说，我觉得他人还不错，主要是对我好，所以在一起。

你以为有人对你好，怎样都合算。只不过需要一点代价，就是为了获取这份温暖，你需要始终按捺着心中不够爱的那种不耐烦。

在没有完全地了解自己以前，许多人都做过这种傻事。

性情骄傲的人也逃不脱。

她是个骄傲的人，但在突如其来的现实面前，有时骄傲也变得一文不值。

在她被琐事缠身的低谷，他出现了，追求她，温暖她。接受他之后，她明白了一件事情，骄傲这件事，是拿来在顺境时使用的。

他是个好人，温厚纯良，品性又好。对她没有过分要求，也没有不良的情绪波动。对她算是有些宠爱了。她喜欢吃的东西，他会跑很远的路买给她吃。她出去跟朋友聚会，他会开车四十公里接她回家。

在城市流放久了，很难有人会拒绝一份温暖的善意。

多了一份温暖的陪伴，她享用的同时也感到不安，因为心中清楚得很，这不是她要的爱情。

于是她给自己设置了底线与条件，想着，过了这段时间，自己就会重新强大起来。人是不可以这样打着爱的名义，对他人进行变相的索取的。

因为不爱，却又依赖，她始终心怀一份亏欠之情。

明知感激不是爱，可还是很难开口去伤害。她尽量地体面、体恤，在知书达理的一端做着晃晃悠悠的平衡，倒也维持了两年。

直到两年后，失衡更加明显。因为缺乏真正的欣赏，肯爱的一方持续付出，被爱的一方有恃无恐，两个人开始冲突的同时，又因为习惯了对方而重归旧好。

如果还有人在爱情里感到不快乐，却又离不开，原因很简单，这不是爱，而是依赖。

人到了一定年纪，爱就不再是随心所欲的事了，只有在某些特定的环境下，遇见某些特定的人，我们才能获准去爱。

而在爱之先，你首先要清楚一件事情，依赖，是习惯肉身的温暖与陪伴，爱，则是难掩内心的欢喜与震颤。

他们最终和平分了手。

因为伤了人家，她心中始终住着一块愧疚不散。但是退出，是她的另一种善意。

欲望是本性，却不值得尊敬。只有爱情才值得一切。

自省过后，她给这种行为取了个名字，叫作礼貌性相爱。

礼貌性相爱，它的前提不是欺骗，是即使各自良善，尽力碰撞过后，最后还是寡淡。两个好人，如同两条平行线，在不同的两个世界里各自打转。

真正的相爱使人勇敢、深刻、身心沸腾。

而礼貌性相爱，带给人的是骄纵，任性，生命的低迷与萎落。

这是没有骨头的爱情。

血肉可增可减，骨头才是核心。是这个东西，决定着你内心的震颤。

但是没关系，不去试错，就永远不知道哪个才是对的。

发现错了，及时喊停就好了。因为依赖和恐惧离开而不肯放手，既对对方不公，也会阻隔你的未来。

有个人在心里占用着位置，即便出现了还不错的人，你也做不到放胆去爱。

如果爱情能够活下来，终究不可阻挡。而不对的男女在一起，由于精神化活动不足，早晚形同陌路。

岁月阔深，光阴绵长。

在爱情里，过分为己，是自私，完全舍我，也是亏待了一个生灵。

我们都被别人取代过，所以理解彼此的遗憾。那就挥手作别，各自漂流在人海，耐心等待爱情的莲花次第盛开。

故事的开头是按错钮，那么故事的结尾是喝完酒，收拾好暧昧转身便走。

不要贪恋即时的取暖，也不要把依赖当作习惯。

爱不是一种礼貌，爱是一种遇见。

爱 情 之 伟 大 ，
可 以 榨 出 灵 魂 里 的 小

既然爱过你，哪怕只有一天，一个小时，当你需要我，我都不会对你无
动于衷。

爱情能够体现一个人的最低道德和最高品行，这是真的。

人间不责备

在这个时常一脚踏空的城市，每个人都需要一道光。

这道光可以是精神，是艺术，是金钱，是信仰，是任何你热爱的东西。

唯独面对爱情这道光，人们捂住了双眼，唯恐被灼伤。

中国人不知道什么时候集体得了病，病症之一，就是如果到了某个年纪再谈爱情，就会被耻笑。

因为担心被耻笑，左躲右藏，戏谑揶揄，最终内心的真实渴望被掖在了人格中，在需要它明确亮相时，才发现早就因为压抑而走了形。

[1]

鲁豫采访许巍，问他是否还相信爱情。

直接问又觉得突兀，于是铺垫说，我采访其他任何一个中年男人，都不会去问这个问题，因为是你，我觉得我可以问。

许巍的回答自然是肯定的，他冲鲁豫双手合十，做了个感谢的动作。他说当然，我当然相信爱情，谢谢你还会来问我这个问题。

到了一定年纪，还去相信爱情，要么成了一种羞耻，要么成了一种赞美。

就这样，人类最美妙的情感，最终下场，只能沦落到在艺术作品里被表达、歌颂、幻想以及虔敬。落回现实，灰头土脸，谈爱色变。

人间美事，生生被逼成了丑事。

这要怪谁呢？

大概要怪每一个不相信爱情的人自己。

一朵花的偶然凋零，无法形成满目疮痍的景象，一片花海集体的萎落，才是触目惊心的。

[2]

从古至今，最不缺乏的就是爱情故事了。各种各样，千奇百怪。

感谢读者信任，我常常会收到一些来信，多数是对爱情的困惑。这也合情理，沉浸爱情的人哪里有时间写信，失意之人才有倾诉的愿望。

对于失恋的人，我也只能安慰，爱情丢了可以再来，没把自己丢掉，就还有新的遇见。

其中一个故事，看得我头皮发麻。

一个姑娘，深爱的男友得了抑郁症，为了能更感同身受地体验他，她尝试了各种方法让自己抑郁。我不知道她具体是怎样完成的，总之她给我描述的结果是，她得偿所愿地抑郁了。

她终于可以体会他了，可他加倍绝望地离世了。

她以为，体验了抑郁就是体验了属于她的爱情，但留给她的终生背负，是我看到她一字一句的文字背后，透着一股股对这个世界恨透了的寒气。

我心疼这个姑娘的愚蠢，同时也理解的是，真正的爱情，是允许如此猛烈的，真正的爱情，原来也是可以做到付出生命的。

可另外一个故事里的人，同样因为爱情付出了生命，却榨出了对方灵魂里的小。

一对恋人，相爱多年，婚期将近。女孩幸福地忙着装修婚房，男友却因爱上了另一个女孩，选择了畏首畏尾，避而不见。几番拉锯过后，女孩肝肠寸断，从正在装修的婚房纵身而下。

一个活生生的生命，就这样像个玩笑一样的结束了。

没有人规定爱情不能中途更改，但假如男孩心存善意，体面作别，有足够的勇气担当，事情不会至此。偏偏他人格卑小，被检验出来的时候，让女孩不仅觉得爱情是个笑话，大概也一并否定了自己。

人的命运竟然可以被一场爱情改写，如此想来，爱情这件事，有时较量的不是情商，而是人性了。

[3]

爱情本身是美好的，可带来的效应如同一剂迷幻药，让人哭，让人笑，让人不欲存活。

谈恋爱这件事，说白了，就是两个小傻瓜要共同相信，共度苦海，相互治疗。其中一个品性卑劣，就会被榨出灵魂里的小。

习惯自保的人习惯了自私，就像习惯安全活着的人习惯了无趣一样，想要的都是个一劳永逸的结局。

他们永远保持自己的节奏，不会为了爱人而多牺牲自己一点点，打着不要求你的幌子，占用着你的情感和时间，却又不提供足够的价值。

他们不知道人生有时需要奋起一跃，才能超越自我的卑劣。

他们不敢承担错误，所以口袋里永远装着带有橡皮的铅笔。

那块橡皮是他们的后路。

爱情的伟大与卑小，相对应的是热切与凉薄。

品格伟大的人敢于热切，要爱，就活成一体。而自私凉薄的人，在索取中计算，要到自己想要的暖，才能得到慰藉。

他们是死敌。

这种局面之下，付出少的一方，经事一榨，灵魂的卑小就会现出原样。

有人以爱情为生，有人以爱情为乐，这中间，有一百个笑话那么远。

[4]

爱情不是要什么或者不要什么，爱的前提是能给什么。

如果没有生发心底的联结，精神上的欢喜，只剩生活上的照料，身体上的痴缠，这样的人，与人建立关系，会迅速冷寂。

冷寂过后，无非成了习惯，也是害怕自己不完整的维衡表现。

这种要不到也给不出的爱，令人抓狂。

真正相爱的人不是这样的。

真爱的伟大与精彩，如同两人做爱时候的缩影。拼命，美丽，纠缠，互为一体。

因为有你，世间千疮百孔算什么。也正因为世间有伤，我才要加倍治愈

　　　　　　　　　　　　　　　人间不责备

你。我们相互温暖，彼此照耀，才能算得一个合格的爱人。

所以那些被爱情丢弃的人们，没关系。

伟大与卑小，都是来渡你的。不要因此放弃对爱情的追寻。

爱情是一个独有的怀抱。只有那个独有的怀抱，独有的暖烘烘的味道，才能安慰在每个深夜无枝可依的你。

你要学会等待，也要学会辨识。

如果对方没能使你更好地生长，离开才是一件好事。

时间无多，不要吃一道变坏的食物。

我们不去奢求伟大，但一定拒绝卑小。

爱是自由的，当然允许中途退场。但既然爱过你，哪怕只有一天，一个小时，当你需要我，我都不会对你无动于衷。

这样的信念，算不上多么伟大，但足够配得上爱情这件事。

爱情能够体现一个人的最低道德和最高品行，这是真的。

爱 情 病 人 与 情 书

我很顽固地爱你，这种话，到现在还不能用别的话来代替，因为这是我
的奴性。

想起你种种好处，我自己便软弱了。

人间不责备

在真正的爱情里，大家都是病人。

不是两个傻瓜共渡爱河，就是两个傻瓜相互折磨。

爱情这个事件，怕是人间最难形容的了。

它使人盛放，苍老，心醉神迷，失魂落魄。

即使他令你心碎，你却依然用破碎的心爱着他。

爱情来了，情话也就不远了。

情话，软绵绵的，黏糊糊的，是天上的云朵，是最甜的糖果。

常人说情话，我不大了解会用到哪些字词，只知道文人说起情话来，是
会让人软弱掉的。

[1]

天下最会说情话的，恐怕要数既有童趣又会耍赖的王小波了。

他写给李银河的信，作为一个旁人读着，心都要化了。

他常常在信的开头说上一句：你好哇，李银河。

通过恋人之间说话的方式，是能看出许多门道的。关系的亲疏，角色的
充当，甚至谁对谁的宠爱多一点，都是可以在情话里暴露出来的。

但共性只有一个，就是傻话多，废话多，并且永远说不完。

我每次读到王小波的情话，都会内心激荡，嗔怪上帝，怎么就没能赐给
我这样一个有趣的灵魂呢。

你喜欢傻气的人吗？我喜欢你爱我又喜欢我呢。

我和你是很不同的人。我很讨厌自己不温不凉的思念过度，也许我是个坏人，不过我只要你吻我一下就会变好呢。

静下来想你，觉得一切都美好得不可思议。一想到你，我这张丑脸上就泛起微笑。

我把我整个的灵魂都给你，连同它的怪癖，耍小脾气，忽明忽暗，一千八百种坏毛病。它真讨厌，只有一点好，爱你。

你把它放在哪儿呢？放在心口温暖它呢，还是放在鞋垫里？我最希望你开放灵魂的大门把它这孤魂野鬼收容了，可是它不配。要是你我的灵魂能合成一体就好了。你心灵的一举一动我全喜欢，我的你一定不喜欢。所以，就要你给我一点温存，我要！（你别以为我说的是那件事啊！不是。）

该是怎样被爱冲昏头脑的人，才会说出这样好听的傻话啊。

文艺青年之间，谈情说爱最擅长的方式，就是写信了。

回顾自己早年的爱情，尽管也是傻里傻气，但文笔在其中倒也得到了不少磨炼。

文采好的追求者，最能引起我的注意。只是一来二往，写着写着，就成了文字的较量，几乎让我忘记了人家是在追求我这件事。

那时的爱情稀里糊涂，有的写成了哥们儿，当然也有的把我写到了手。

人生的列车一路飞驰，身边过客迎来送往，有些在记忆中被删除，如同丢掉的衣物不再温暖。

人间不责备

但总有一些美好，会选择性地保留在特定的储存空间，牢牢记着不肯撒手，是因为那些美好里，保存的是那个再也回不去的青春和自己。

比如初恋。

我人生第一次收到情书，是小学五年级。

那个男生很是霸道，非常之高调猖獗，以至于其他同学对我示好，都要在夜自习时被他拉出去谈谈，而后见我吓得躲着走。

可往往很霸道的人，动情的时候还真是深情呢。

他不是那种好学生，属于经常惹是生非的类型。可是在追求我这件事上，他一改吊儿郎当的风格，深沉稠密地，给我写了许多情书。比他学习认真多了。

当然我是不回的。

那时年纪小，胆子也小，只知道早恋是要被家长骂的。至于喜不喜欢他，自己根本不清楚。不过是情窦初开的男孩女孩之间，正常的荷尔蒙分泌，并由此带来了一种莫名的兴奋与慌张感。

他写的情书之中，有一句话，到现在我都记得清楚。

那行歪歪扭扭的字是：你想我的时候，就看看天上的星星，最亮的那颗，就是我。

那个时代流行汪国真，我所能理解的诗意大概也限于那种文本风格。以他的学识，显然不可能是原创，就是这样一句不知道从哪里抄来的句子，让他的情书在众多的情书之中脱颖而出。从那以后，我开始在他面前变得羞涩。

对于十几岁的小孩来说，也是一种没见识的浪漫了。

可那些情书的下场很不堪。

我胆子小，家教又严，于是这些信，放学校怕老师发现，藏家里怕父母看见，就一直把它们揣在书包里，吃饭都抱着书包，惶惶不可终日。

终于等到一个下雨天。

那天我饭都没来得及吃完，预留出提早到校的时间，找到一条泥泞的土路，记忆中还有自行车碾出的道道车辙。环顾左右，趁四下无人，飞快地，惊惶地，把那些信撕得米粒一样大，如释重负地，狠狠地，用脚把那些纸屑碾在了泥泞之中。

如此往复，一有情书，就盼下雨。想来小孩子就是小孩子，经历着那样的仓惶，怎么就没有想到一把火烧掉这个简易的办法呢？

大概又有点舍不得，偶尔掏出来心惊肉跳地多看几次，也是满足了一个少女的萌动了。

现在想，如果把成长过程中的信件都存留下来，看着自己是如何从少女怀春，到肝肠寸断，再到如今的波澜不惊，轻易不再被什么人打动，该多宝贵。

可惜的是，我们只知道每天把喜怒哀乐送往生命的终点，而谁也没有预见明天的能力。

[2]

王小波写给李银河的情书，读起来非常令人愉悦。

他的睿智、幽默、孩子气，都让爱情变得轻松有趣。

这样的爱情人间少有，是奢不可得的。

相较之下，郁达夫写给王映霞的信，就沉重多了。

因为郁达夫本有家室，是被父母强行安排的婚姻。寡淡之中，突然遇到王映霞，电光石火，无法自拔。但因此抛弃无爱却也无过的妻子又觉羞愧，于是陷入情感的夹缝之中，痛苦难当。

未婚的王映霞，因为郁达夫炽热的示爱，被其才华吸引的同时，又不得不顾忌世俗的眼光。这种情感的纠结，让她不得安宁。

郁达夫在信中的一些字句，都像是捆绑着绳索，显见的纠结与忧愁。

> 我觉得这一次我感到的，的确是很纯正、很热烈的爱情。
> 爱情的保持，是要日日见面，日日谈心，才可以使它成长，使它洁化，使它长存于天地之间的。
> 真正感觉到热烈爱情的时候，两个人不见面是不可能的。若两个人感受到了爱情，却还可以长久不见面，那么结婚和同居的那些事情，简直可以不要。
> 我在这里燃烧得愈烈，你在那里也痛苦得愈深。这样下去，我的苦楚倒还有限，你的苦楚，未免太大了。

且不谈那个时代，当下这种事情也比比皆是。

不痛不痒的婚姻生活，突然就被电光石火的爱情扰乱了节奏，让人左右为难。

爱情本身没有错，只是假如错的时机遇到了对的人，就像是一锅亲手熬烱了的糖水，苦不堪言了。

郁达夫虽是多情人，但在爱情的热切与道德的掂量之下，思来想去，最终决定压抑自己的情感，以免增加对方的痛苦。

结果反倒是那封诚恳切实的绝交信，让王映霞终于接纳了他。

他在信中这样写道：

> 为了不连累及你，我决定，我永远将你留置在我的心灵上膜拜。
>
> 因为我爱你的热度愈高，使你所受的困惑也愈甚，而我现在爱你的热度，已将超过沸点，那么你现在所受的痛苦，也一定是达到了极点了。

所以如果爱情要活下来，最终不可阻挡。

女人其实不难应对。在爱情里面，她们很多时候要的，不过一个诚意那么多。

［3］

如果说热恋的情书是剑鞘上镶嵌的宝石，那么分手的书信就是剑刃上闪着的寒光。

一段男女的对话。

男人：你是唤醒我的河流。你太真我太喜欢。可我突然觉得我的全部，都配不上你思想的一根头发。

女人：我们不是手机和充电器，没有什么配不配的。也许你本质是美好，却被染上浊气。

男人：你是我的镜子，我已无物遮体，羞愧难当。

女人：我只做我自己的战士。只是队友逐一落荒而逃，悲从中来。

男人：我没战胜自己，怎能与你并肩。也许无胜算，战得太苦。

女人：握手言和也是一种结局，却痛心对方有胆无量。我欣赏勇士，瞧不起懦夫。

男人：如果我有能力做你的对手，我愿意死在你手里。

女人：你没勇气死。你太贪生，害怕承担风险，所以不大可能得到最深的爱。

男人：问题是现在认清了，我不是你对手。

女人：那不如下辈子你做我，以便不再和我相遇。

爱情之中，一方的心一旦生病，另一方就难以治疗。

这不需要廉价的安慰更不用潦草的誓愿，爱情是需要双方协作的。没有他人的协作，谁也无法全部享受自己的个性。

这种讽刺是，没有旗鼓相当的对手，就如同当你向西仰望，永远也不会看到日出。

爱情这件事，需要太多的元素成全。

精神的对等、身体的契合、样貌的喜欢、品格的欣赏、价值观念、兴趣爱好等等所有，实在让人觉得，爱对一个人，人生就等于做对了大部分的事情。

反之，爱错的代价，怕是要扒掉一层皮的。

关于爱情的对话太多，时至今日我唯一还能记得完整的话，是早年一个人在我BP机上的留言。

那句话是这样说的：我没见过比你更好或更不好的女人，也没见过比你更坏或更不坏的女人。

我一看，人家这是绝望了呀。

可是我心中也感到冤屈，爱情对不上号我有什么错？可一经文人这样描述，也被搞得我仿佛对他天大亏欠似的。

一个我爱过的人给了我一盒子黑暗，许多年以后我才明白，这也是一件礼物。

你看，文人表达悲伤，也是这样声色俱厉又不动声色的。

所以细想，文人表达爱情，都有艺术加工的成分，不像普通人那样朴素真切，但着实是滚烫灼人的。

[4]

我所羡慕的一对眷侣，大概是沈从文与张兆和吧。爱得深，但不偏执。

沈从文的情书也很见功底。

我原以为我是个受得了寂寞的人，我们在一起后，我就变成了一个不能够同你分开的人。

我很顽固地爱你，这种话，到现在还不能用别的话来代替，因为这是我的奴性。

想起我们那么好，我真得轻轻叹息，我幸福得很。有了你，我什么都不缺少了。

我的爱人，倘若这时候我在你身边，你会明白我如何爱你。

想起你种种好处，我自己便软弱了。

真正爱一个人的时候，必然是有奴性的。

这种奴性不是卑微，是一种甘愿的牺牲，无我的渺小。是爱的境界，是正向的。

爱到了极致，总会有神性与奴性交替出现。倒是那些放大了人性与罪性的，多数是爱情之外的某种交易吧。

爱情这个事件，提来奢侈。但它们常在并永存，永远值得书写与歌颂。

它属于灵魂的范畴，以至我每写一次，心就汹涌一次，碎去一次。

而如今，病人越来越多，情书却是愈发稀少了。

人如躁动的困兽，血脉偾张，丧失耐心。由于内心找不到正确的地址，对于人性里本应该最美的爱情，也变得迷失了投递对象。

我们追求文明，到底是追求更简单还是更复杂？

现代人习惯自我蒙蔽，以为多了选择，就可以少了坚持。

选得匆忙，爱得仓促。分得轻率，伤得丑陋。

似乎没有人再有耐心，在选择中确定，在确定中坚持。

甚至连爱情这样独有的事，都不再是一个人对一个人，而是一支队伍对另一支队伍。直到头破血流，兜兜转转许多年，最终结局，不是混战，就是虚幻。

还是喜欢木心先生的那种慢时光。

日色变得慢，爱情也恒久。秉烛书写浪漫，一生只肯投递一个人。

在我眼中，一生只爱一个人的浪漫，才是天大的浪漫。

你高兴我就高兴，你难过我就安慰你。

无论我们相会还是分别。

所谓的世间，

不就是你吗

要是我知道爱是什么，那就是为了你的缘故。

我们活在世上所需无多，情感才是最大的支撑。

而世间因为有你，就觉得世界里的一切都很稳妥。

我知道没有了这些，生命以任何形式存在，都等同于萎落。

[1]

生命是悲伤而严肃的。

我们来到这个美好的世界，彼此相逢，彼此相爱，并结伴度过一段短暂的时间。

然后我们就失去了对方，并且莫名其妙地消失了。

就像我们莫名其妙地来到这世上一般。

在这个过程中，爱这件事，必须成为明确肯定的力量。

要是我知道爱是什么，那就是为了你的缘故。

你是谁？

你是青春时期一波寂灭一波又起的爱人，是放不完的烟花，熄不灭的火焰。

你是凝望着就充满力量的孩子，是酣睡的小脸，甜蜜的负担。

你是头发花白背影弯曲的父母，是已经褪色，像张旧报纸的惦念。

每个人生阶段，你的爱不同，爱的对象也不同。

每个阶段的爱，在它所专属的那个时期，都是沙漠中的源泉，荒野中的花开。

因为这些爱，支撑了我们每个阶段的生命。

感谢那个阶段的你，成全了那个阶段的我。

2

回望青春，洪荒之力无处安放，追求有酒有歌有故事的生活。

爱情似乎是支撑那些年月的一把子力气，热切，疯狂。

灼人灼己。

终于爱到不再年轻，学会了平静的意义。

没有了离不开一个人的豪情，不再轻易被肤浅的欲望奴役。

陷入自我的审判，更注重个体存在的意义。

希望自己，能成为一面干净的镜子。

欲望开始不同，人也愈发追求向内探索自己。

热爱的人事更加明确，责任的概念越来越强。有酒有歌有故事的浓烈开始简化，简化到有家有伴有平安，就很欢喜。

从前觉得这是老态的表现，直至它们在自己身上一次又一次地被验证，才觉得世间之暖，唯有亲情不可取代。

清明回家祭祖，恰逢奶奶诞辰一百周年。

我们是大家族，注重感情，讲究礼仪。

大伯作为长子，早早开始筹备祭奠仪式。远近儿孙，纷纷赶来。

情感最大，以任何形式祭奠、缅怀逝去的人，都不为过。

奶奶去世的时候，我爸十一岁。

那个时代，兵荒马乱。解放战争中，奶奶身怀六甲，一边照顾儿女，一边支援前线。为八路军做军鞋，为抗日战士做干粮。

后来赶上三年困难时期，生活本就艰苦，为养孩子，省吃俭用的奶奶害了病。

她走的时候，四十六岁。

奶奶临终前，大伯作为家里的长子，在异乡的生产队出劳工养家的他，接到捎信，徒步百里，连奔带跑，两天一夜，跑到奶奶床前。

为了跟大伯交代遗愿，奄奄一息的奶奶，硬是滴水未进地等了两天一夜。

奇迹的发生，除了爱，我想不到还能因为别的什么。

奶奶对大伯的最后交代，是让他照看下面的弟弟妹妹成人，清明之时，到娘的坟上烧炷香，添锨土。

交代完毕，一个心愿未了的母亲，面对趴在床前的六个未成年的儿女，撒手人寰。

那天在墓前，大伯讲述着这些，声泪俱下。

当年十九岁的那个少年，使命般地完成了母亲的遗愿。那种大孩子抚养小孩子的个中艰辛，只有他们经历过的人才清楚。

场面庄严，我做着视频拍摄，为他们一一记录。

我看着六七十岁的他们，白发，驼背，都已经老人模样。但在奶奶墓前，那一刻，都哭得像个孩子。

后面的晚辈行行排排，全部泣不成声。

人间不责备

作为被母亲临终叮嘱过的长子，后来的大伯十分争气，做了物资局局长，并对家族中每个成员尽心尽力，保证了兄弟姊妹也都过得富足。可再多的物质丰裕，也无法弥补他们情感的空缺。

小时候不懂，为什么每逢奶奶的诞辰与忌日，他们总要以各种方式缅怀祭奠，觉得他们小题大做。直至自己成年，乃至到了中年，看着自己的父母逐日老去，才明白了那种情感的牵扯，恐惧，不舍，是那样的浓厚与本能。

子欲养而亲不在，是那种缺憾与痛心，导致了他们在想念自己的母亲时，除了到坟上去和她说说话，添一锨土，他们什么也做不了。

对于父辈过往了解得越多，后来逢年过节，我就听从指挥，做着配合，尽可能地陪着他们祭奠，尽可能地去听他们絮絮叨叨地讲述。

他们也老了，他们也想妈妈，而他们只能通过这些虚无又切实的仪式，释放怀念，填补不能尽孝的愧痛。

世间最大的残忍，莫过于血亲之间的生死离别。

而爱的无力在于，爱未尽，却再也没有人接收。

[4]

听李健的《父亲写的散文诗》，感动。

如歌所唱，这是那一辈人留下的足迹，几场风雨后就要抹去了痕迹，这片土地曾让我泪流不止，它埋葬了多少人心酸的往事。

我作为生在新时代的孩子，无法体会那个时代的艰辛，但我愿意听到并记录这些故事。

我知道一代又一代，传承的不是记忆苦难，而是学习爱的延续。

那次清明回家，原本计划待三天，结果临走时，"呼啦"人群一散，我妈伤感，掉了泪。

我看在眼里，不是滋味。当下改变决定，搂着她肩膀宽慰她说，好啦好啦，我再待几天，陪你。

怕耽误孩子工作又留恋不舍的老妈，擦了擦眼泪又反过来安慰我，没事没事，你回吧，别耽误工作。在我的坚持之下，她还是半推半就地笑了。

那一刻以至后来的很多个时刻，我都觉得父母这个身份，伟大到几近可怜。操劳一生，耗尽自我，心中到头装的还是孩子。

是时候该回馈了。

小时候享受的被爱，现在统统要还回去了。

这种付出甚至有种紧迫的使命感，想要在他们的有生之年，给得多一些，再多一些。所以那次一住下，就住了好些日子。

有天中午，北京的朋友和我通话，问我怎么这么久不回，家里是不是有什么事。

我说，有事，陪我爸妈，就是最大的事。

如若不是她问起，我几乎已经忘记了北京的生活。没有怀念推杯换盏的酒局，也记不起翻看花里胡哨的朋友圈。在家的生活，欲望离我远之又

　　　　　　　　　　　　人间不责备

远，生活对我简之又简。

当时我正陪着我妈做针线活儿，在四月的阳光下，院子里的花树生意盎然，闪耀着特别的光泽。

那一刻，春天的光泽和妈妈特有的慈爱相合，我突然就特别感动，希望那一刻的时光，永远定格不走。眼前的一切温暖闪耀，不就是因为妈妈在身边吗？所谓的世间，不就是你吗？

而我们活在世上所需无多，情感才是最大的支撑。亲人在，这个世界就是暖的，没有了他们，世界从此只剩黑与白。

于是我全力珍惜每一刻和父母相处的时间，我因害怕失去他们而愿意珍爱自己，我单纯的愿望愈加浓厚单一，我想让世间最温暖的依靠，长之再长，久之再久。

感受爱并付出爱的时刻，生活的纹理变得顺滑，充满喜悦。

经常我陪着我妈在阳光下择菜，一边计划着做什么饭，也一边开着玩笑督促对方减肥。

我们还经常像闺密一般，去逛街，去选购好看的布料，回来自己设计衣裙。我负责设计，妈妈负责缝纫。我们比比画画的时候，我爸会在边上走来走去，偶尔点评一句，忙些有的没的。

每当我看着此类景象，心里就好安定。

看着他们安好、健康，争吵了又和好，就觉得世界里的一切都很稳妥。

这种幸福沉实、安详，不激烈也不慌张。

好像星空照耀着大地。

5

美好的因素一旦交互相合，形成的效应，就会烙成情感的印记。

我们在日后反复回忆的、感伤的、怀念的，不过是对这些印记的加固。

即使非常微小，也会让你觉得，世间安好，不过如此。

如果说一定要有永恒的东西，那么就是爱了。

我不知道多少人为爱执着，可我为其所累，为其所荣。

我知道没有了这些，生命以任何形式存在，都等同于萎落。

我去爱，是因为我有爱，还能爱，并且还有接收爱的对象。

它们层次分明，厚重深切。

它们帮助我战胜恐惧。

从生到死，爱无界。

爱是精神与光芒，只要你懂得了它的含义，它始终都能为走在路上的人照出光亮。

有 能 力 爱 ，
才 有 能 力 别 离

一生不长，不能偷懒，要认真玩好每一个游戏。

趁着一切都还来得及，扔掉心中的怕，让自己坦坦荡荡地老去。

我们迟早都会分别，在别离时坦荡，是因为在一起时尽了全力。

[1]

朋友酒后，给我讲了一个故事。

正忙工作之时，他接到120打来的电话，即刻往回赶。

路途中，他又接到电话。对方问，你在开车吗？请先靠边停一下。

他预感不好。果不其然，抢救人员说，我们通知你一下，你母亲已经
走了。

朋友强忍哽咽，仰头干下一杯酒。像是喝下去，心中某种死寂就会复活。

他拿出手机，说，我给你看我和母亲的最后一张合影。

照片看得我浑身战栗。

朋友站在殡仪馆的正中央，抱着蒙着一块红布的骨灰盒。这张照片，被
他称为与母亲最后的合影。

没能见母亲最后一面这件事，他说他花了三年的时间才走出来。

酒后的他有些激动，责骂自己为什么那么忙，责骂医务人员通知时的口
气太无情。我对他无从安慰。他不是醉了，他是心中的那个洞，再也没
有机会填上了。

而我另一个朋友，双亲早早因病去世。他已经人到中年，事业成功，婚
姻尚存，可看上去始终不快乐。

一次聊天，我聊到自己内心的一些忧苦。他听完，意味深长地说了一
句，你是幸福的，只要父母在，再大的苦都不叫苦。

他说，你要知道，我的父母都走了，他们把我的童年也带走了，在这个

世界上，再也不会有人把我当作一个孩子了。

这句话，像一发子弹一样击中了我。

我从未像那一刻那样认真审视那个朋友。他长得高大，人也稳重，在我印象中，是个强大又成功的人。可当他说出那些话的时刻，我看着已经鬓角发白的他，垂眉低首，竟然像个小孩子一样委屈。

那一刻，我找不到任何语言来安慰他。说什么都很苍白。

昨天的太阳，照不到今天的树叶。

你在昨日的太阳中闪光，我却在今天梦了你一整夜。不能持续梦着，但醒了又比较不容易快乐。

这种故事总是揪心的，但哪一个人的人生又能逃脱呢？

而对于既定无法逃脱的人生法则，我们又该如何消解呢？

[2]

中国人情感上的内敛，不擅表达，不具弹性，让人很多时候都活在别人的眼光里。

而因为某种旁人的眼光，从而造成自我的遗憾，终生都在修补。

我曾经看过一个电信公司关于亲情的广告，做得很煽情。很多年前的广告，但我始终记得当时带给我的震撼。

内容是一个公司让应征演员试镜，让他们表演跟最亲的人通电话，并告诉对方我爱你。前提是，表演。

那些应征的演员们，拿出技能，自然逼真，全部轻松完成任务。

然后，导演突然告诉他们，现在，要玩真的了，要真的拨通电话给家人，并且说出"我爱你"。

显然，那些人有点慌了，拖延着时间，感到难为情。摄像机开着，记录着他们所有真实的反应。

在不得不完成任务的过程中，这些人分别拨了电话，有人给父母，有人给子女，或者兄弟姐妹。

电话接通，这些人顾左右而言他，语无伦次地铺垫着，酝酿着，寻找着时机把"我爱你"这三个字说出来。然而最终说出来的那一刻，都无一例外地哭了。

经过哽咽与热泪的释放、真实的表达过后，每个人都明显获得了放松。

也许是跟父母的冰释前嫌，也许是跟子女的和解道歉。

他们感谢这样一个机会的到来，把关了那么久的爱放了出来。

对最亲的人认真地说一声我爱你，真的那么难吗？

这样说的意思，当然是，我想试试这件事。

我的家庭氛围还是很好的。有爱，民主，自由，和父母像是朋友，可以相互调侃，也常常推杯换盏。

但是那时候，我情感的闸门还没有彻底打开，不比后来这些年，表达爱，早已成了一种日常。

　　　　　　　　　人间不责备

我先把电话打给了我爸，想先试试他的反应。

电话拨通，闲聊了几句。我体会到了那些试镜者的感受。因为我也在铺垫，酝酿，寻找着合适的时机，让那句话显得真切又不突兀。憋了半天，话刚出口，就有点哽咽了。

我说，爸爸，我爱你。

电话那头断线了似的停顿了一下，然后就听到我爸不好意思地应着，呵呵，好好。估计他也有点懵，笑得很不自然，像是干笑，又像是尴尬地笑。

不管他如何反应，我都能确信无疑地感受到，他的心一定柔软了一下。

而我，也体会到了把爱亲口表达出来的那种微妙幸福。

爱这种东西，不去亲自体验，你永远都只能是贫乏地想象。

因为它太真了，真到只能去触碰，去让它发生，而来不得半点伪饰。

然后我把电话打给我妈。

我妈是个非常重情也容易受感动的人，经常只是日常聊天，回忆起一些大事小情，转头看她，眼泪就已经不可抑制了。

即便之前我已经预料到了她的反应，尽管表达情感已成日常，但那天在我再次郑重表达的时刻，我还是再一次确认了自己的亏欠与幸福。

我说，妈妈我爱你，特别特别爱你。

我妈当时就哭了，也笑了，说，妈妈也爱你，永远都爱你。然后又补充说，妈妈这是幸福的眼泪。

很多时候，父母要的，也许就是一个感恩的态度那么多。

那大抵是他们付出一生，可以换来的唯一慰藉。而这一点点慰藉，有人竟都是吝啬给的。

[3]

我们常常会听到一些失去亲人的朋友说，当初如果我妈在，我爸在……
世上要有如果，许多东西都能重来。可惜有些事情只此一回，没有回头
的余地。与其在亲人逝去后加倍悼念，不如在相处时用尽全力。
有能力爱，才有能力别离。

时光在走，急速又无情。
在年复一年的车轮辗转中，岁月被散落成碎片，也构建了一个巨大而模糊的
半生。
半生已过，越来越怕触碰内心的痛点，越来越舍不得离开父母度余生。
细细想来，在这个哀乐无常的世界里，最终牵扯的方寸之地，不过就是
情感的支撑。
否则，不如意十有八九，人是很容易崩塌的。连喜悦都是孤独的。
原来儿时胆小，人也并不是越活胆子越大。

自从享受到了表达爱的幸福过后，我对他们的爱，越发不能收拾。
逢我妈过六十六岁大寿，这在山东人的习俗中，是大日子。想想无以为
馈，就想不如做个小的短片，给她老人家祝寿。
制作视频之前，我自然是要写一点什么来抒发情感的。写作这么些年，
我以为我可以驾轻就熟，像个赤子一般，尽情抒发对妈妈的爱与情感。

　　　　　　　　　　　　　　　　　　　　　人间不责备

没料到的是，那个千把字的文章，我足足写了好几天。

根本写不下去，一下笔就落泪。

写一次，哭一次。不能回忆，也无从表达。

从小到大，点点滴滴，我们稀里糊涂成了人，但对妈妈来讲，要经历多少不眠之夜和牵肠挂肚。

妈妈这个词，重得犹如宝石价值连城，在这样贵重的情感面前，在这样一个被太多爱和温暖构建的伟大一生面前，怎样的言语，才可能描述详尽呢？

我表达不出来。

拖拉了几天，最终因为时间来不及，我居然像小时候写作文那样终结了文章。录音的时候，也是哽咽复哽咽的。

过于爱的人事，让人丧失分寸。

两年之后，我爸的六十六岁寿辰，我们也密谋了更大的惊喜给他。

想来也是惭愧。

因为爷爷奶奶去世得早，我爸连自己的生日都不知道，所以这么些年，他自己不肯过生日，我们后辈对此更是无法查证。也就依着平日尽孝，稀里糊涂到了今天。

赶上父亲节，我们兄弟姐妹商议着送什么礼物给他，说着就忽然心酸，父亲人都老了，竟然还连个生日都没有。于是我提议，不如就把以后每年的父亲节，定为他的生日。

因为这个惊喜有点隆重，所以保密工作也要做得好。

我们瞒着我爸，逐一联系了他的兄弟姐妹，加上我们这些晚辈孙辈，录了祝福视频，剪辑成片。父亲节那天，我们张罗了一些亲戚朋友吃饭。一切不动声色。

酒过三巡，灯光暗下来，当短片突然出现在投影上时，我爸呆住了。

我在一旁观察着他的反应。从吃惊，到欣慰，到温暖，到落泪，片子播放完，他都没能回神。

作为一个已经有些苍老的男人，在众人面前过度隐忍的情绪，使得他看上去有些颤抖。我过去拥抱他的那一刻，我感觉到爸爸佝偻的后背剧烈的抖动。

我的父亲，这个在他人生的第六十六个年头，第一次过上了生日的老人，在那一天，老泪纵横。

那天在场的所有人都被感动了，也被感染了。我看到大家纷纷躲出去，抹着眼泪，给自己的父亲打了电话。

也自那天起，我爸的性情变了。变得更温和，更亲近家庭，更多宽容和知足。变得更爱我们。

我知道，是爱，把所有的东西联结在了一起。

所有的失去，终究都会得到补偿。

[4]

人与人之间，无论任何一种关系，在这个世界上相遇又别离，都是缘分造化。

过程之中，爱是意义。要看得宝贵，不可轻视。

与爱相对的，是害怕失去。

害怕被恋人抛弃，害怕与父母别离。怕自己不够好，又怕别人比自己好。

怕着怕着，人生就到了尽头。

内心虚怯，不够坦荡，才会怕。

珍重自己和家人，让自我反省和祝福他人变成一种习惯，平日做得好，才不会在特别的时刻显得过度亏欠。

扔掉心中的怕，让自己坦坦荡荡地老去。

我们迟早都会分别，在别离时坦荡，是因为在一起时用了全力。

有能力爱的人，才有能力别离。

愿 每 一 个 灵 魂 游 走 的 人，

都 能 找 到 自 己 的 故 乡

在生活的裂缝与重压之下，亲情弥合收留了我们所有的不如意。

以至于每次在荒芜深夜，只要想想还有这些爱，即使是深冬，也总觉得

会渡过去。

　　　　　　　　　　　　　　　　　　　人间不责备

我热爱故乡，但是反对节日。

反对节日是我的新思想，热爱故乡是我的旧道德。

我是个充满矛盾的人。

我无法说服自己喜欢中国式的节日，形式大于内容，面子大于里子。

每年吃同样的饭菜，见同样的亲友，说同样的吉祥话。年复一年，同样的陈旧与乏味。

然而对于故乡，我内心的深沉始终不可撼动。

仿佛只有回到故乡，我才知道自己是个有家的孩子。

[1]

人在年轻时，分不清意识与潜意识的区别，也分不清情感与情绪的差异。

顺从意识里的情绪，多过深究潜意识中的情感。

大概在我二十出头的年纪，有年春节，不想应对那些重复的礼节和亲友，就想逃到一个陌生的地方去。

诚惶诚恐，跟我妈说了这个想法。不料，开明的老人家把手一挥，去吧，别把自己丢了就行。

于是我跟两个小伙伴一拍即合，当天晚上，我们就在云南吃了饭。

青春期过于乖顺，总觉得会辜负了荷尔蒙。

我们去了香格里拉、西双版纳，去了丽江和束河。在几个地方兜兜转转过后，说好一起回大理过年。

眼看除夕将近，两个小伙伴突然情绪伤感，决定回家过年。

三个情绪化的年轻人，关键时刻，开始为自己的冲动买单。为了表示对他们的抗议，也显得自己更酷一点，我决定自己留下来。

人要对自己的选择负责，否则就要让人看不起了。

当真就剩下一个连东南西北都分不清的我时，住在前望苍山后望洱海的大理，感觉有点无处安放。

除夕夜，我走出了客栈。走在那时候还很冷清的大理古城，画着图，记着路，用自己的笨方法标记着路线，以免找不到回去的路。

我大概是试图找到一点什么新鲜，或者说是为还不太强大的心灵找个落点。毕竟第一次流落异乡过年，就遭遇了小伙伴的背叛。

那时候的大理不像现在，非常冷清。我走了几条街，店铺全都关着门。

走得有点饿了，没碰到什么人，也没找到饭店。有点沮丧，坐在街边，往家打了个电话。

我妈正忙年夜饭。电话的那头，有鞭炮声响，以及电视里很大声的锣鼓喧天。

我妈一边炸着鱼，一边裹杂着滋啦滋啦的声音喊：出去开不开心啊？

这一问，我有点绷不住了，瞬间感到了委屈。我强忍泪花，索性也提高嗓门，像个负气的孩子朝她喊：开心，特别开心。

坐在街边，生完小伙伴和我妈的气，确定没谁可以指望了，心想，有什么大不了，不就是过个年嘛，我又不喜欢。

负气起身，拍拍土，倒也被重新激发了力量。

信念是盏明灯。

跟随着坚决不能饿肚子的信念指引，我终于看到了一家亮着灯的小饭馆。

只有夫妻二人，正忙活年夜饭。我问也没问就进去了。我必须要毫不客气地进去，我必须要加入他们，否则真有可能形单影只地度过这个夜晚。

那对来自四川的淳朴夫妻，没有问我为什么独自在外游荡，我也没问他们为什么没回家乡过年。我和他们一起，洗菜做饭，吃饭喝酒，看着春晚，聊着家常。

临走，他们没要我的饭钱，我悄悄留了两百块钱，压在了案板的下面。

对别人的苦衷绝口不提，我喜欢这种默契与体恤。

那是我第一次，一个人，在一个陌生的城市，失魂落魄地过了一个年。

也是第一次感受到，流离失所的滋味，并不好受。

[2]

每个人的心灵深处，都藏着只有自己才清楚的恐惧。

一些检验过后，后来无论我多么排斥节日，但为了避免那样的失魂落魄，我都会变得假装高兴，积极，在厨房中张罗饭菜，而遮掩掉节日的虚无狂欢。

直到去年春年，我再次通过不以为然的节日，牵扯出内心的隐秘，生发了对家与故乡的敬虔。

原本的计划，是和朋友约定好了去泰国，把自己扔进阳光里，晒掉一年的倦气。

后来因为工作在身，踌躇之中，朋友按照计划如期走了。

机缘没成，也好，我也就顺势待在北京了。

人的成长在于，学会了顺势接受，没什么心气儿非要和什么东西对抗了。

跟家人也早就打了招呼，我妈一如既往地开明，说只要你开心，怎么都好。

其实我们一家人都在北京，只是几年未归，决定要回去看看那片土地。

那片土地，那个家院，那些熟悉的父老乡亲，在他们眼中才是过年的温度。

终于，年前几天，忙忙活活，目送家兄把父母以及一车的年货载走，我松了口气。心想，终于可以不必被节日绑架了。

剩我自己，次日醒来，给了自己一个辞旧迎新的仪式。

擦洗房间，换洗床品。忙到中午觉得饿，认真给自己做了两菜一汤。

想的是，要在新的一年里，让一切的样貌和态度崭新。不料新还没迎来，就牵动了情感深处的旧。

锅中的饭菜咕嘟咕嘟冒着热气，我翻炒得心不在焉，感觉心中有什么东西在搅动。

想着就走了神，锅中的水干了又添。鱼已经被炖得面目全非。我感到沮丧，胃口全无。

突然窗外一阵鞭炮炸裂，炸得我心头一酸。那股酸楚直窜到内心，原来不经检验，我都不知道在年纪渐长的岁月中，对家的执念也是更加深重了。

坚定了半年的想法，就在事实发生的那一个瞬间被瓦解了。

那个鞭炮炸开的瞬间，也炸开了我的思念。那些从小到大都在重复的景象，每年固定准备的饭菜、仪式、习惯，无论新鲜还是乏味，那一刻，我只想和家人在一起。

我不想渲染和他们在一起有多幸福，我只知道，不和他们在一起，我感受不到幸福。

那是每个家庭独有的幸福，什么也替代不了。

我离开故乡，读书写字，四处探寻，不过是为了找寻爱。

如果为了找寻更广阔的爱，丢掉了最初始的爱，便与初心相悖。

想得我心头又酸又热。

想得我把煤气"啪"就关了火。

念一起，难管难收。

他们昨天才刚走，担心父母觉得我太作。心虚之下，先试探着给我哥发了个微信。

我假装轻描淡写，说，你们到了吧？哎呀……在北京过年，还真挺没意思的……

试探来不及被延展与解释，就收到了我哥的回复。只字没问，却融化了我的心。

他说，回吧，回来哥给你做好吃的。

一句话，就把我心头激涌的酸热，直接化成热泪，扑啦啦烫了脸。

[3]

那一刻，我像是被误判又被赦免的囚徒，被分割又被收复的土地，失散的游子寻到了亲人，被丢弃的孩子重回了怀抱，一下弹跳起来。
烧好的饭菜往垃圾桶一倒，订了张车票直奔车站。
有种失而复得的喜悦。

不用过多的解释和说明，一句话就明白了全部。
还有怎样的感情比这更伟大。

路上的夕阳金黄明亮，充满着我的内心，照耀着我的归途。
还是上大学时经历过春运，人头黑压压一片。我拖着箱子，在人群之中被挤得东倒西歪，却是结结实实的欢喜。游子归家一般，几乎有一种悲壮的幸福感。

路上我哥发来消息，说，我先不告诉爸妈，给他们一个惊喜。
我心虚，说，我这么折腾，希望他们不觉得心塞就好吧。
事实证明我想多了。
爱这东西，给都给不够，谁又会嫌它多呢？

到家已是夜深，爸妈已经睡下。我蹑手蹑脚，到我妈床前，俯身望她，妈

人间不责备

妈忽地一下醒了，似醒非醒地脱口而出，乖乖，你怎么回来啦？冷不冷？
吃饭没有？

她惊喜的神情，如同识破了一个高难度的魔术，无法掩饰的满足。

我俯身亲亲她温暖的脸颊，寒冬的眼泪冰凉，即刻就被爱的温度焐
热了。

大概天下父母的心情都一样矛盾，无论嘴上怎样支持孩子去经历去闯
荡，但心中最安定也最渴求的，是看到孩子完完整整地在身边。

这是家的内容，大抵也是故乡的意义。

在生活的裂缝与重压之下，亲情弥合收留了我们所有的不如意。

以至于每次在荒芜深夜，只要想想还有这些爱，即使是深冬，也总觉得
会渡过去。

[4]

不是决定要做一个温暖的人，而是允许自己变得脆弱。

当你变得脆弱，一切就都温柔起来。

面对一切的思念与别离，纷纷褪去了年轻时的浅薄，心中总有亏欠，也
对曾经不屑的自以为是感到羞愧。

这种变化不是一下子完成的。爱在岁月和人事的浸泡中，一直在盛大，
始终在生长。

在重新看待故乡的目光中，旧房老院，道路原野，包含着故乡的所有，等

同于童年记忆的全部。远近的街坊邻居，幼童成长速度惊人，老人苍老得令人辛酸。

我们吃饭喝酒，走亲访友。为离世的慨叹，为繁盛的祝愿。

我还去了出生时的老房子。

一进院门，迎面看到我出生的那个窗口，破败寂寥，被寒风吹得抖动。

可那实在是很奇怪的情感。我很小就离开，对那个地方几乎没有记忆，仅仅因为那是生命的降生地，就有了一种神奇的情感联结，内心的感动被连根拔起。

窗口有棵枣树。听老人说，那棵枣树已有百年。

我拿着一个大大的福字，抱着那棵粗壮的枣树，用胶条把福字缠了一圈又一圈。并在我出生的那个窗口，贴上一个火红的春字。

在我心中，有爱就有春天。

漠然使人坚硬，脆弱是因为柔软。

越强大的人，越知道柔软的珍贵。也只有回到故乡的人，才知道出走半生，归来仍是那个初心未改的少年。

夜晚，故乡的月亮升起，我和我哥在廊道中悄悄喝酒，说些心里话。

我俩相差三岁，寸步不离地一起长大，后来相继到了北京。我们聊起这片土地的陈年旧事，又都湿了眼。

我说，是我变老了么，太容易脆弱了，那天我还什么都没说，你一句回吧，我眼泪就出来了。

我哥听了哈哈笑，说，你以为我不是吗？

两个情感丰盛的坚强又脆弱的中年人，眼含泪花，会心一笑，轻轻地碰杯，喝下了只有我们自己才懂的情感。

不知道为什么，那次回去，数数算算，眼泪流了不下三四次。起初还总想克制，可又想，为养育过自己的故乡，流下深沉的热泪，为什么要难为情呢？

这眼泪不是简单的难过或者悲伤，是眼看着岁月不饶万物的感伤，是再次联结故乡生发的感动，是一个漂泊游子的灵魂的苦衷，是不再与坚硬对抗的柔软。

人生如流云，世事同飞鸟。拱出这些眼泪背后的情感，是深知自己对这个世界，以及世界里的人事，愈发虔敬了。

时光的背后，远远不是变老这么简单。

[5]

时光像是流水和风，遥遥望着，仿佛没有尽头和意义。

只有在你捉住它的那一刻，它才变成了你的，温暖又生动。

临走的时候，我妈拼命往车上装东西。回去拉了一车，回来又拉了一车。

爱在交换与付出的那一刻，实现了它的意义。

发动车子之时，我妈没有像往常一样出来送，她忙忙活活，收拾些有的没的。

我想过去抱抱她。只是这样一想，眼泪又要出来，就回头远远冲她喊了一嗓子，想说的是，妈，我们走了啊。结果刚喊出一个字，就被一股温热堵住了喉咙。

大抵我妈也是被惹得感伤了，我也不想把离别放大，于是把爱吞咽，一头扎进了车里。

车开到路口，我透过车窗望向家门，看到我妈出现在门口，擦拭着眼睛。

脆弱真是检验人。

没有这几次的眼泪，我就无法估量其中蕴含的情感。它把你所有以为的伪装，没有触碰到的真实的想象，毫不留情地打回原形。

所以我常说，事情不到真实发生的那一刻，所有感受都来自你的想象。

城市坚硬，时有冷漠之气。

每个人都裹紧了自己的孤独，就像掖紧了寒风中的大衣，生怕别人看穿自己的脆弱和不完美。然后在这种孤独之中，与柔软绝缘，不输出爱，也不感受爱。

无论狂妄还是浅薄，也许其他什么疾患，病得久了，明知是深渊，却也无力改变什么了。

在沦陷不变的环境中，警觉自己的敏感与天真，警觉自己的感动与脆弱。不寄望他人，只祈愿自己，宁可表露真实的脆弱，也不要习惯虚假的冷漠。

脆弱让你知道自己还在爱着，而世故，除了让你变老，对生命毫无用处。

生硬的强大挺不可爱的。撕下来，去脆弱。

去爱你应该爱的一切，别再等一等了。

而故乡，是离家的车票，大大小小的行囊，是漂泊时的支撑，荒芜时的光亮。它是礼物，是我们每一次荣败和成长的见证。

那些深置心灵的热爱、褶皱，在离乡时被重新烫平，重获力量，以便再一次漂泊之时，有岸可以回头凝望。

愿每一个灵魂游走的人，都能找到自己的故乡。

愿每一个追寻理想的人，都能坚持最初的方向。

没 有 时 间 了，

快 伟 大 起 来 吧

如果你想要某样东西，别等着它会从天而降。

别依赖明天。明天是一个谎言。

我不害怕衰老也不畏惧死亡，

只是一想到所有经由时间的东西，都终将和时间一起淹没，

我就不敢再和自己的心胡闹了。

人间不责备

人在什么时刻容易反观自己？

拼尽全力，却又无能为力的时刻吧。

五月凌晨的月光，照在阳台的书堆以及植物上，在墙上映出影子。

光与影交融，像是过往与未来的忧患交织。隐隐约约。

就这样，被一些事情卡住的我，夹在过去和未来之间，像个搜寻者，感到疲倦。

入夜安静，楼上的夫妻在争吵。

女人的声音小，听不清她在说什么。只听到男人在咆哮，像是那种被背叛了又无力夺回颜面的咆哮。东西被摔打在地上，犹如砸在我的头顶，刺耳惊心。

后来孩子也哭叫起来，一团混乱。

人间过于热闹，实在无法入睡。我索性戴上耳机听音乐，在心中默默撰写他们的故事。

后来，不知是孩子起了作用，还是女人妥协了什么，声音安静下来。

楼上平静了，我失眠了。

我仰望月亮，心中想，当初疯狂相爱过的人，会在时间里面发生什么，才会变成如此疯狂的伤害呢？婚姻的裂痕，相互的敌对，也是在时间中被消磨殆尽的吧。

人与人相爱，又让人与人伤害。说到底，是欲望作祟吧。

人在欲望之城，无法成为一个单独的个体，像是被戴了紧箍咒的孙悟空，各种压力焦虑，交际应酬，让人踌躇满志，万念俱灰。

连孤独都是一种欲望，总是无法平静生活。

时间就这样过去了。

我不害怕衰老也不畏惧死亡，只是担心在有限的时间内，没有去做应当应分的事。

或者说，尽了全力，心愿还是没能被完成。

这是令人不甘心的。

我有个老乡于娟，复旦大学经济学博士，不幸患癌，化疗的痛苦以及有限的生命，让她终于感慨把时间用错了地方，奋斗半生，满足了物质以及荣誉的欲望，然后一切化作零消失不见。

她在病床上怀揣遗憾，写了一本书，《此生未完成》，以此警醒世人。

欲望是动力，也是破坏力。

欲望过度，压死一切。

想着这些，我就在时间里面入了神。

时针尖利。时间在凌晨穿透身体。

我们总是试图在时间之中找寻消失的秘密，想知道人在时间的推进中，寻到过什么。未寻到的东西，又藏在了哪?

我们总说时间太快了，我们习惯把未及时完成的事归咎给时间。

我们甚至都没有时间反观自我，是不是自己丧失了耐心，在欲望的裹挟之中，在时间的动静之中，拼命地占有，无力地失去，中间还夹杂了那些不痛不痒的消耗。

还没来得及认真品一杯茶，茶就凉了。还没来得及认真爱一个人，爱就变味了。

不是时间太快了，是我们把时间用错了地方，被自以为是的聪明耽误了。

我常常会因为闭门写作而忘记了时间，直至一些日常事件的提醒，才发现时间已经赶在了我的前面。

闭门写作时还是冬天，再次出门，花开了树也绿了，春天是什么时候来的呢？

时间是获得，时间也是错过。

而错过的那些，再也不会回来了。

被时间稀里糊涂地错过，我们又总喜欢回头去看过去的时间。

一张发黄的全家福里，我看到三岁的自己。

一个微胖的小女孩，剪着齐刘海，嘴往一边歪着，笑出两个酒窝。穿着很囊的棉衣棉裤，厚到胳膊向两边支棱着放不下来的那种。挤在一群大人中间，站在最前排，最小的一个。

作为一个将要迅猛老去的人，猛然看到孩童时候的自己，又感动，又酸楚，十分恍惚。

然后，我看到我的父母。

那时他们也就二十多岁吧，年轻到令我震惊，是我记忆中缺失的样子。

妈妈瘦高，梳着两条长辫子，穿着的确良衬衫、笔直的西裤。爸爸还真是英俊，鼻梁高挺，眼睛闪光，一副被未来充满的样子。

他们曾经那样神采奕奕，有着属于自己的芳华。

然而就在刚刚，看到这些照片之前，我还在和父母通话，说服他们趁着还能走动，带他们出国旅行。那么年轻的他们，怎么突然就变成了还能走动就很满足呢？

这个过程是怎样完成的？

滴水穿石，绳锯木断，这种力量，让人不寒而栗。

我们无法确切回忆我们是如何长大的，更无法警觉父母怎么突然就变老了。时间像个密码，和某些隐去的时空遥相呼应。

那些不被看见的日子，被欲望充满，被工作使用，被爱情占据，被酒精和白日梦荒废。它们来不及发出声音，就被稀里糊涂推滚着进入了下一段旅程。

许多东西经不起对照，一旦警觉，便觉仓皇。

而我们，就在这样的时间之中，长大，变老，肃然无声。

那些还在被懊悔和恐惧占用的时间，那些还在被拖延和回避的问题，在左躲右藏中被累积，更加深重。我们只看到了结果，对生活不满，对自己无力。

这样想着，就觉得时针每走一下，仿佛都缩短了生命的周期。突然害怕那些来不及完成的热爱，如一道转瞬即逝的雨后彩虹，再也寻不见。

没有时间了，快伟大起来吧。

善意的摇滚先生张楚如是对我说。

是啊，生活切实，一分一秒，一日一夜。你体验到什么，这些时间就会被什么夺走，你的人生就会被这些内容占据。等到恍悟回转，岁月已经所剩无多。

如此一想，像是真的没有时间了。

时间是冷的，人是热的。

时间是巨大的，人是微小的。

在人与时间共存的过程中，冷热相渗，大小互吞。只能在无情的时间中保持火热，才可能为自己赢得多一些的时间。

免得定数用尽，许多事情来不及，才恍然顿悟，时间，才是最后的惊喜。

盛年不重来，最后你能拥有的也不会多。唯有其身，别无他物。

让将来的来，让过去的去。

像时针一样向前走。

让那些在心中生长的东西如愿长成，让那些未完成的打勾事项逐一划去。管它过去志得意满还是灰头土脸，都应该抓紧现在，才有胆敢让时间从身上碾过的底气。

如果你想要某样东西，别等着它会从天而降。

别依赖明天。明天是一个谎言。

心存侥幸，是最大的幻觉。生命的时间也太短，等不得。

一想到这些，想到所有经由时间的东西，都终将和时间一起淹没，我就不敢再和自己的心胡闹了。